优雅

主编 - 何寄澎

诗歌在唱什么

曹淑娟 著

中信出版集团 · CHINACITICPRESS · 北京

图书在版编目（CIP）数据

诗歌在唱什么 / 曹淑娟著. — 北京：中信出版社，
2016.6
（优雅）
ISBN 978-7-5086-5805-6

Ⅰ. ①诗… Ⅱ. ①曹… Ⅲ. ①古典诗歌—诗歌欣赏—
中国 Ⅳ. ①I207.2

中国版本图书馆CIP数据核字(2016)第013232号

诗歌在唱什么

著　　者：曹淑娟
策划推广：中信出版社（China CITIC Press）
出版发行：中信出版集团股份有限公司
（北京市朝阳区惠新东街甲4号富盛大厦2座 邮编 100029）
（CITIC Publishing Group）
承 印 者：鸿博昊天科技有限公司（北京经济技术开发区博兴七路5号院）

开　　本：710mm × 1000 mm　1/16　　印　　张：16.5　　字　　数：150千字
版　　次：2016年6月第1版　　印　　次：2017年3月第2次印刷
广告经营许可证：京朝工商广字第8087号
书　　号：ISBN 978-7-5086-5805-6/I·770
定　　价：68.00元

华夏之美

简 体 字 版

序　　言

三十年前，我在台北幼狮文化公司主持图书与杂志的编辑策划工作。那时，我们已经完成许多大部头图书的出版或迻译，诸如《世界文明史》、《幼狮少年百科全书》、《观念史大辞典》等，网罗的专家学者不计其数，可称当时台湾出版界的盛事，广受学术界、教育界的肯定。但上揭三书中有二书皆属西方学问，我心中自不免深觉有憾，一直忖量着应出版一套彰显中华文化且图文并茂的书籍。我知道若不尽速去做，可能再没有机会了，因为当时我有最好的作者、最好的编辑团队，以及最支持我的总经理王生年先生。经过数年的策划，我们锁定心目中最好的专家，在抗战胜利四十周年的十月出版了第一册《书法》（周凤五教授），十一月再出版《绘画》（王耀庭教授），其他各册也在三年内次第出版。我将这个系列取名为“华夏之美”丛书，在每一册的扉页上印上不能再短的编序，说“华夏之美是献给每一个中国人的”。

三十多年过去了，许多人事不复记忆，但我清晰记得在台湾大学小椰林道的女九宿舍前约了曹淑娟学妹，请她撰写《诗歌》。现已为台大中文系教授的她，当时还是博士生呢！我也清晰记得刘良佑教授的穿着，既体面、亮丽，又潇洒不羁，衬着他关西大汉的体格，令人不禁仰视。有一年我去成都，他特别提醒我要买小泥偶、吃小吃。现在摆在我家客厅的精致小泥偶就是当时带回的，如今已经不复可求，而刘教授竟已离我们远去多年了。他的《陶瓷》得了金鼎奖，我和刘元陵主编参加了颁奖典礼，那灿闪闪的画面宛如目前。

"华夏之美"出版完竣（其实不能说完竣，因为那是没有止境的工作，我们只走了开始的几步），未几，我返回台大任教，离开了幼狮。接下来的岁月，台湾出版社的经营愈来愈困难，有分量的大书逐一绝版，"华夏之美"也不例外，而当年的编辑同仁也早已各自分飞。

但世事难料，人的机缘尤其奇妙。就在我已将幼狮的岁月封存在记忆的角落时，有一天电邮里忽然出现了一个从没见过的名字——崔正山。他希望我能协助联络"华夏之美"的各位作者，因为他想将此套丛书再印行于中国大陆。

事实上，接下来的两年，多是崔先生自己奔走，我出的力极少。原本欠缺的《戏剧》，崔先生希望补上，也同意我属意的两位台湾教授，可惜未能谈成。如今的《昆曲》，由北大陈均先生负责，他是全套书作者中唯一的大陆学者。就"华夏之美"而言，我觉得这样的结果毋宁说更为圆满。

崔先生的出现，让"华夏之美"再现于世。对我而言，内心的感动、感谢，诚非言语所能道万一。不过，"华夏之美"本不应被埋没，也不会被埋没，然则我和崔先生恐怕都只是冥冥力量中被假手的人而已。我相信，其实是悠久博大的"华夏之美"本身让此书再现；而这套书初生于台湾，再现于大陆，让更多的华夏子孙能亲炙、能鉴赏、能钻研，固绝非偶然。是为序。

何寄澎

二〇一五年十月十九日

华夏之美

繁体字版

序　　言

中国文化曾经使古典的中国辉煌，而在现在乃至未来的中国，也必然继续具有历久弥新的意义。这是毋庸置疑的。

然而令人迷惑的是，如此优美而博大的文化，何以长久以来竟日趋衰落而黯然无光？是因为人们的轻视与漠视吗？还是由于其他更重要的原因？经过不断的思索、再思索，我们终于获得一个结论。我们认为，中国文化所以渐趋黯淡，是因为从没有人配合着现代人的环境与生活，透过浅明易解的方式，正确而完整地把中国文化的精华传达给广大的群众。

人们对自己的传统文化既然无从认识，也无从了解，又如何能奢谈赏爱与肯定？今天中国文化之所以被轻视、漠视，基本而关键的因素正在于此！

知之则当行之，由是我们勇敢地出发了。毕竟，在今天，我们不愁没有文笔优美的专家学者，不愁没有设计优良的美术人才，更不愁没有印刷精美的印刷公司；一切都无虞，所欠的只是“东风”——那双策划、推动整个工作的手而已。以文化为职志的我们，理应来扮演这个角色的！我们战战兢兢地构思着。

中国文化的内涵如此辽阔，包蕴万有，思想、文学、艺术、科技、人物、生活……无一不在其中，我们应怎样日积月累而卒底于完整的呈现呢？我们惶恐地思索着。最后，东坡的话给了我们坚定的启示：“行于所当行，止于所不可不止。”有一天，当我们自觉成绩还满意时，我们或许会停下脚来歇息歇息；而在此之前，我们恒将竭尽心力、无止境地耕耘下去。一步一莲花，我们深自期许着，也有着充分的信心，呈现在您面前的每一本书，都将令您另眼相看，觉得“的确与众不同”。

人要有名字，有意义的工作也要有名字，我们就叫它作“华夏之美”。

“华夏之美”是献给每一个中国人的。

何寄澎

一九八五年十月十日

幼狮文化公司编译部

自　序

日月叠璧，山川焕绮，人降生在这一片绚丽多姿的天地间，展开生命的流程，在与万物接触刃靡中学习、成长，去完成与天、地并称三才的“人”的意义。其中有哀乐悲喜的情绪变化，有筹划省顾的理性运作，有颠踬于血泪中的忧患，有走避风雨后的旷达，它们汇聚为人生的内容，在沟通、传递中呈显人文精神。言为心声，文为心画，语言文字的创生，在实用目的中蕴含了表达情意、寻求沟通的意义。它不止于日常性琐碎的记录，或科学性准确的叙述，也成为文学的媒材，透露人心的脉动。

中国的文学传统里，诗居主流地位，从先民的嗟叹咏歌开始，诗本着言志缘情的性质，在人世取得普遍的共鸣。关于诗的起源与性质，《诗大序》中有很生动的说明：

> 诗者，志之所之也，在心为志，发言为诗。情动于中而形于言；言之不足，故嗟叹之；嗟叹之不足，故永歌之；永歌之不足，不知手之舞之、足之蹈之也。

内在情志的涌动，寻求表达宣露、发为语文的形式，成为诗。它配合着自然的声气韵律与舞蹈动作，歌、舞、乐结为一体，后来才渐分化。然语文本身具有的音韵节奏，使得诗始终含有某种程度的音乐性、舞蹈性，可供人击节高歌、按拍起舞，歌吟、舞咏、诗歌等词汇即透露出这方面的信息。刘勰在《文心雕龙》中进一步推溯情志涌动的原因，指出个人生命所禀具的性情与大自然生命的脉动相互感应，而有诗的创作：

> 人禀七情，应物斯感；感物吟志，莫非自然。（《文心雕龙·明诗》）
>
> 春秋代序，阴阳惨舒，物色之动，心也摇焉……是以献岁发春，悦豫之情畅；滔滔孟夏，郁陶之心凝；天高气清，阴沉之志远；霰雪无垠，矜肃之虑深。岁有其物，物有其容；情以物迁，辞以情发。一叶且或迎意，虫声有足引心。况清风与明月同夜，白日与春林共朝哉！（《文心雕龙·物色》）

这份感应是双方面的，天地万物的变化兴发了个人内心的情志："物色之动，心亦摇焉。""心"指人的精神主体、性情表现，有时析为情与志，有时统称为心志或性情，都可在这个意义上了解。而人内具的性情则是感物的根本活力："人禀七情，应物所感。"于是情志因物而兴发，物也因情志的观照而有了人文的新义，不复止于客观的存在。除却自然的物色动人外，人事际遇是另一感荡心灵的因缘，钟嵘《诗品》序云：

> 气之动物，物之感人。故摇荡性情，形诸舞咏……若乃春风春鸟，秋月秋蝉，夏云暑雨，冬月祁寒，斯四候之感诸诗者也。嘉会寄诗以亲，离群托诗以怨。至于楚臣去境，汉妾辞宫，或骨横朔野，或魂逐飞蓬……凡斯种种，感荡心灵，非陈诗何以展其义？非长歌何以骋其情？

人除了面对自然天地，同时也面对群体社会，人世中种种事件也一样摇荡心灵，引动欢乐或悲慨。诗歌即通过语文以展示人生之义，驰骋忧乐之情。因而在诗歌的天地里，人的性情与自然万物、人生世态相互流通感应，并由此达到“动天地，感鬼神”，“可以群，可以怨”的效用。本书写作的基本方向，即在呈显中国诗歌中此一人文情怀。看历代诗人如何投身于不同的时空背景与人事环境，相互激荡融合，凝塑出诗的芳华。

考察传统诗歌历史发展，似可推溯到三代之前。古书记载上古葛天氏之民“三人操牛尾，投足以歌八阕”，但这些最早的歌谣雏形多已亡佚。直到周朝，先民歌咏才在《诗经》这部中国最早的诗歌总集中得到保存。他们以纯朴的性情，作息于厚实的大地之上，配合循环有序的节气，从事辛勤的农事耕耘，诗歌呈现朴实质素的面貌。战国时代，知识分子投身于纷扰的政治舞台，抱持的理想与原则在现实的挫挠中激发出郁回愤怨的悲歌，以屈骚为主的楚辞遂与《诗经》有了迥异的风格。入汉以后，士人在一统政局下，感受大汉帝国的浩富与威势，省察自身的地位，以宏丽的辞赋铺陈繁华，并返归于寂寞。民间乐府则延续《诗经》大地之音的风貌，抒发着对生死、情爱等人生课题的感触，并孕育了五言诗的成长。六朝时，随着政局纷变，诗风频有转变，却大抵徘徊在乱离人世与美好的山水之间。古诗、乐府较赋更普遍真实地展现士人性情；民间乐府则以情爱为主题，江南的柔婉，江北的健爽，环境与人心相应，形成对照。唐朝的近体诗发展成熟，各种诗体与题材在唐人手中到达巅峰之境，结合了唐人飞扬的气质、丰厚的情怀与华美浪漫的国风，跃动着诗史上最璀璨的光华。五代暨宋，词为新兴诗体，在由奔放走向内敛的文化背景中，以和顺的音律、清空的格调树立风格，并渐结合诗风，开拓词境，在唐诗之后再放异彩。元代本其特殊的政治、文化背景，在南宋词日趋精严之际，由活泼的北方俗文学酝酿而成曲。其中，杂剧配合着社会需要，在舞台上搬演人生百态；散曲则承诗词，抒发遗民情怀、人世感慨，作风朴质。明、清文人特殊成绩虽在传奇、小说，但依然在固有的诗体上吟咏着他们面对时代人世的感怀，赓续诗歌传统。民国以来，新体诗兴起，与各体旧诗共同耕耘着现代诗坛。我们相信，中国诗歌长流回映这一时代的天光云影，应有崭新风姿的开创。

以上略见中国诗史的流概，如此郁郁纷华的盛景，势将无法尽纳于一书，为免流于庞杂浮泛，落笔之际，不得不有所轻重取舍，主要依据两大原则：在纵向的历史意义上，能展示诗史开展的重要里程；在横向的时代意义上，能呈显诗人所感应的自然与人事信息。

因而根据留存作品，斟酌其诗体特色、时代特色，选取《诗经》、楚辞、汉赋、六朝古诗、唐诗、宋词，作为本书主要叙介对象。必须稍作说明的是，诗骚之后，汉赋、唐诗、宋词、元明戏曲、清小说，向被视为各时代的代表文学，其中戏曲、小说将另有专书讨论，故本书断至宋词。汉赋体式较特殊，可谓介乎诗、文之间，它承继诗骚系统，创建新体，反映两汉士人心境，大多文学史家仍视之为长诗，西人且以rhapsody名之，故将之纳入诗歌大范畴内；又以其内容远较今存汉古诗、乐府丰富，故取之作为汉代代表作品。至于各章前先设小引，旨在希望读者借由情境的点染，容易与诗歌取得感应流通，而不只作理性的认知而已。当通过文字，追入诗心，与作者情志相感通时，我们就不仅是在体认诗歌之美，也是在体认生命的大美。本书若能有此收效，那么，助成它的每一份因缘，也就都得着妥帖的安顿了。

曹淑娟

一九八六年三月二十九日

目 录

第四章

第五章

第六章

第七章

第一章

广土众民的哀乐——《诗经》

迓田祖 • 选自清高侪鹤《诗经图谱慧解》

先民虔敬地迎祭田神，与天地取得沟通与和谐。

小引

暮冬的温情

▲｜ ▪千斯仓千斯箱 •选自清高侪鹤《诗经图谱慧解》

先民在厚实的土地上播种耕耘，培植了丰美的禾谷，也孕育了文化的根苗。

▲｜ ▪攘其左右 •选自清高侪鹤《诗经图谱慧解》

执政者与百姓相互体恤敬重，在喜悦的氛围里各尽其职责。

霜降之后，便是休养生息的季节了。朔风野起，飞扬着北地的黄沙，铿然一声，是追逐风沙的落叶坠地的声音。一声，两声，三声……阳日收了炽热的光焰，温煦地投射在将落或已落的群叶上，红艳的霞光反映着丰绚的喜悦，陨叶追逐黄沙而去，没有叹息，知道它们今岁辗转化泥，明年便又会呵护起新芽。而风中传递的另一个声音是人世的欣喜，且听：鼓音咚咚响起，击鼓人奋张着臂膀，以有力的节奏应和周身血脉奔涌的韵律；琴瑟间作，笙簧杂起，和穆的乐音回绕在葺修的房舍、富实的仓廪、洁净的场圃与肃敬的祭台。那里，准备了粢盛牺羊与虔敬的感激，祭祀着冥冥中看护大地的神祇；那里，准备了狐裘、大猪与坦诚的拥戴，奉献给那亲近百姓、体恤民情的王公；那里，也排开了美食旨酒与融洽的情意，宴飨着胼手胝足、血汗流通的友朋。神人相安，上下交亲，素朴的人心在此得着安顿，一年的苦难与欢欣可以在岁暮天寒中平静地检视、收拾，然后咏叹当下人情的温暖与明春耕播的希望。

这是《诗经》为我们描绘的北国先民的性情。

鸿蒙既辟，黄河即以神秘而亲切的气息穿越中国西北的峰岳奔流东下，沿途夹带丰富的泥沙，冲积成绵亘北方的千里沃野，以它的肥沃土质、坦荡性情，与间存的灾难，孕育了古老的中国文化。自有生民以来，先人们的身影即在日晖月晕中不曾止息地投射在这片土地上，耕地撒籽，培苗耘草，呵护着衣食所需的禾谷，也同时植下了文化的根苗。在奔流的汗水、累累的瓜实间，肯定了付出的踏实与收获的喜悦；在风雨晴明的变异中，平静地信任“飘风不终朝，骤雨不终日”的安适；在花落果成、秋去春来的轮转中，更体悟了“天之德，生生不已”的无限生机。日月逾迈，天地无言，无言中却不曾止息它们对人世的关顾：四时行焉，万物生焉。先民们遂也以“自强不息、厚德载物”自期，以坚毅的勇力、渊容的性情，取得与天地的和谐。先民素朴的生命在与自然天地亲近结合之际，参知了天地造化的信息，顶立于天地之间，开展出一脉相传的人文统绪。

此一厚实的人文姿采既表现在不卑不亢的行止活动中，也在行吟歌咏之际，自然流露于语言文字，坦诚地诉说先民的生活与性情。时代绵渺，遥隔历史的时空，我们无能亲身参与先民的生活，而透过传遗的诗篇，他们安守自然的笃定厚实，常怀恩德的温和虔敬，情感世界的离合悲喜，乃至于面对有憾的人事兴发的忧思，仍以如斯温热的气息、跃动的活力感召我们。

《诗经》即如此引领我们走过晦深的岁月，探访得这片风景。

《诗经》三百篇的产生时代约在西周武王初年至东周春秋中叶的五百年间，创作背景几乎遍及周室封建势力到达之地。黄河流域的沃壤孕育了它们，作为引渡我们探访这五百年信息的舟楫。在此之前的古诗歌，偶有见录于各种典籍者，如神农时的《蜡辞》，见于《礼记·郊特牲》：

土反其宅，水归其壑，昆虫毋作，草木归其泽！

唐尧时的《击壤歌》，见于《论衡·感虚篇》：

日出而作，日入而息，凿井而饮，耕田而食。帝力于我何有哉！

虞舜时的《卿云歌》，见于《尚书大传》：

卿云烂兮，糺缦缦兮！日月光华，旦复旦兮！

此类古诗歌或真或伪，难以明辨，纵使果出于五帝之时，在后人追记时亦不免有所改动，今日所见恐非原貌了。直到殷墟卜辞出现，有如下文字：

癸卯卜：今日雨。其自西来雨？其自东来雨？其自北来雨？其

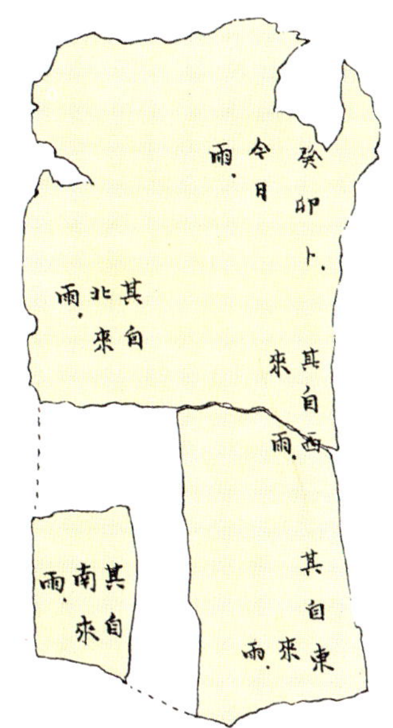

▲ ▪ 殷墟卜辞

殷墟卜筮的记录，也是自然的吟咏。

自南来雨？

其体式颇接近汉乐府《江南》：

江南可采莲，莲叶何田田。鱼戏莲叶间。鱼戏莲叶东，鱼戏莲叶西，鱼戏莲叶南，鱼戏莲叶北。

这首卜辞大概是可信的最古歌谣了。相对于这些古歌谣的有限留存与真伪莫辨，中国最早的诗歌总集《诗经》益显其重要性，它以真实的文字，多方发抒着周人素朴的心声，固然呈显了周代文化的面貌，何尝不也是五帝三代长期累聚的文化展现呢！

一

安守自然的厚实

周为农业社会，周人的兴起即奠基于其先祖教民稼穑的杰出成就。农业生活使人民安居于大地，在笃实可亲的黄土里埋下种子，依循轮转有序的时令，从事踏实辛勤的耕耘。若无天灾人祸，便能拥有与付出相称的收获，取代了渔猎生活的流转不定。农业培育了平实温厚的民族性，始教农稼的后稷的性情，便也成了大地子民的性情。《诗经·大雅·生民》中记载了后稷乃姜嫄履迹而生的神话，或许也意味着他原是大地之子呢。而尤令人感动的是他对土地农作的深情：

> 诞后稷之穑，有相之道。茀厥丰草，种之黄茂。实方实苞，实种实褎。实发实秀，实坚实好。实颖实栗，即有邰家室。

看他如何视土地之宜而种植，如何耘草培苗，如何在植物成长的过程中——发芽、抽茎、吐花、结实，一一给予适当的照料。稼穑是艰难的，

▲ | ▪《诗经·小雅·大田》图 • 选自清高侪鹤《诗经图谱慧解》

细心妥切地耕耘，

土地也将回报以丰收的喜悦。

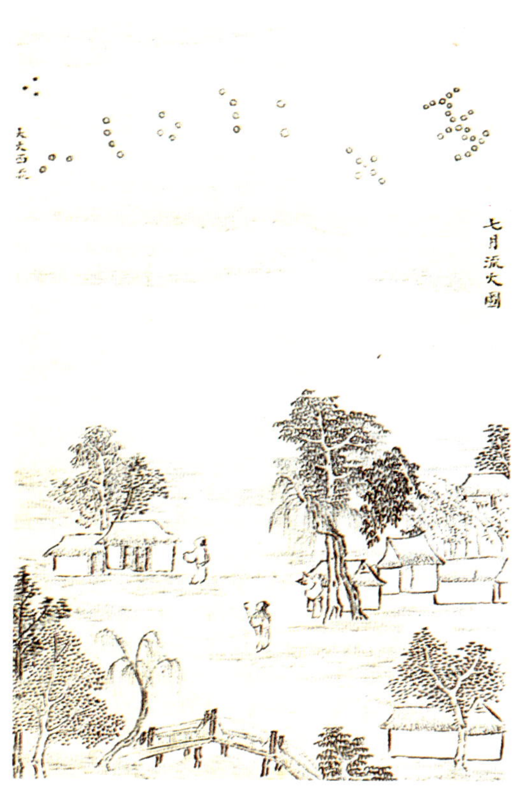

▲ | ▪《诗经·豳风·七月》图 • 选自清高侪鹤《诗经图谱慧解》

先民以勤奋的人事配合时序，

惠待万物。

后稷以身作则，教民尽力从事，从艰难中透显出人事的厚实。

这份厚实果然在周人血液中传承下来，《小雅·大田》描绘着勤奋安足的身影：

> 大田多稼，既种既戒，既备乃事。以我覃耜，俶载南亩。播厥百谷……既方既皂，既坚既好，不稂不莠。去其螟螣，及其蟊贼，无害我田稚。

选择禾种，整理农具，拔去害草，捕除害虫，农人们辛勤地守护他们所归依的土地，土地也以禾黍丰收相回报。收获之丰，使农人们忙不过来，到处有未割尽的禾稼、遗落的穗把，任凭寡妇村童拾取，这是经济能力的宽裕，更是性情的温厚宽裕。《小雅》中的《信南山》、《甫田》都有相似的表露。

稼穑艰辛，农家生活由无荒无嬉的时日所组成，《豳风·七月》对此有详细的描述：

> 七月流火，九月授衣。一之日觱发，二之日栗烈……三之日于耜，四之日举趾……
>
> …………
>
> 六月食郁及薁，七月亨葵及菽，八月剥枣，十月获稻，为此春酒，以介眉寿。七月食瓜，八月断壶，九月叔苴，采荼薪樗，食我农夫。
>
> 九月筑场圃，十月纳禾稼。黍稷重穋，禾麻菽麦。嗟我农夫，我稼既同，上入执宫功。昼尔于茅，宵尔索绹。亟其乘屋，其始播百谷。

配合月令推移，农人们不懈地从事蔬果禾谷的耕种与收成，不管葵菽，无论麻麦，都灌溉了他们的信任与热爱。在岁暮回头时，未曾失职的坦然与收获的满足，使得走过酷寒与伤悲的人们，仍然以谦冲和谐的心境面对未来。“朋酒斯飨，曰杀羔羊。跻彼公堂，称彼兕觥，万寿无疆。”（《豳风·七月》）一岁的辛勤安息在美好温馨的人情里。

除了对大地的信赖，《七月》较之其他诗篇，还特别显露了先民对时序的信守。瓜果农作的栽培与收成，固然要配合适宜的节气，而在农事告成之后，更利用岁暮做葺屋工作。日月岁时都安排在一定而合理的秩序之中，先民循着这轨道运作，“夙兴夜寐，无忝尔所生”，难得的是其中没有勉强的挣扎痕迹。同样是在《七月》里：

四月秀葽，五月鸣蜩。八月其获，十月陨萚……五月斯螽动股，六月莎鸡振羽，七月在野，八月在宇，九月在户，十月蟋蟀入我床下。

寒暑的变化是天时自然如此，动植物的成长动态也是自然如此，人事的种种应对也是自然如此。七月流火，那么便于“二之日凿冰冲冲，三之日纳于凌阴”，以备盛暑；而“一之日觱发，二之日栗烈”，那么便在春日蚕桑，八月积麻，以待寒冬。这也是“深则厉，浅则揭”（《邶风·匏有苦叶》）的道理，人事信守着天时的秩序，与天地万物存有和谐温厚的情意。

《诗》三百篇中，泰半可见对草木昆虫鸟兽的描写，细腻而深情，纵使随手拈来，亦见欣趣。如前引《七月》之写小虫动股、振羽、在野、在宇、在户、入我床下，若无细密观察与和谐情意，如何能说得如斯亲切?《小雅·无羊》歌咏畜牧有成而牛羊众多，篇中对牛羊形貌有极其传神的描写，更流露人畜相得的情趣：

谁谓尔无羊？三百维群。谁谓尔无牛？九十其犉。尔羊来思，其角濈濈。尔牛来思，其耳湿湿。

或降于阿，或饮于池，或寝或讹。尔牧来思，何蓑何笠，或负

《诗经·豳风·七月》图 • 选自清高侪鹤《诗经图谱慧解》

妻儿为壮丁送来饭食，田野里洋溢亲情的温暖。

其餱。三十维物，尔牲则具。

尔牧来思，以薪以蒸，以雌以雄。尔羊来思，矜矜兢兢，不骞不崩。麾之以肱，毕来既升。

牧人乃梦，众维鱼矣，旐维旟矣。大人占之：众维鱼矣，实维丰年；旐维旟矣，室家溱溱。

羊群、牛群自由放牧在草原上，它们的角聚集在一起，是如此众多而和乐，它们的耳朵润泽，是如此健康而活泼，有的徜徉坡地，有的饮水池畔，有的安静休息，有的却动静不止，偶尔还发出鸣叫。牧人们披蓑戴笠，背着干粮，往来其间，不用大声吆喝，无须奔走追逐，手臂一挥，牛羊便解人慧。你看，羊群们奔走前来，在坡地土石间谨慎地攀爬，既不争先恐后，也不离群散乱，这正是羊性温和从容的表现啊！牧人们采薪、弋鸟归来，看着牛羊安适地群居，自己也满足地入睡，做着牛羊滋蕃、子孙众多的好梦。《诗经》出自农业社会，《无羊》却十分成功地描写了当时的畜牧生活，栩栩如生地呈现出人畜交融的画面，也深刻地传达了先民与自然万物的亲和。

而人与物亲和的终极便是共同体践“生生不已”的天地大德，所以《无羊》以人物蕃盛的期愿作结。《大雅·行苇》在嘉宾宴饮、人事欢洽之际，不忘护持其他生物的生机：

敦彼行苇，牛羊勿践履。方苞方体，维叶泥泥。

道旁苇草丛聚，是常见的平凡植物，看它抽茎发苞、繁叶茂盛柔软，正显露了天地至公无私的生机，令人喜爱赞叹。先人们小心着自己的步履，不去践踏到它们，也禁戒牛羊践毁它们，徒然折损天地生趣。情怀何等深远忠厚。便在“勿践履”一念中，天、地、人、物各自如自在，而又无间无隔地相互感通润泽。

然而，人世有憾，不能常保此份润泽。天灾固然来自未可知的力量，人祸却每肇因于人类可免而不免的愚痴。种种苦难困顿，或者使人挥别了熟悉的故土，或者破坏了原本的生活秩序，或者形成物是人非的对比。此际人心的忧思郁摇详见后文，此处所要提出的是，相对于人事中的残缺不定，沉稳的大地、时序与万物依然遵循固有的秩序运转，笃定地在身旁提供一种鲜明的对照、一丝沉痛的嘲讽、一声永恒的召唤。《王风·君子于役》云：

君子于役，不知其期，曷至哉？鸡栖于埘，日之夕矣，羊牛下来。君子于役，如之何勿思！

《豳风·东山》云：

我徂东山，慆慆不归。我来自东，零雨其濛。果赢之实，亦施于宇。伊威在室，蠨蛸在户。町畽鹿场，熠耀宵行。不可畏也，伊可怀也！

君子行役在外，前者写室家的思念，后者写征夫归返途中预想家中景况。人事在此缺乏群聚的温情，行役的途程漂泊不定，然而日夜有序，万物生焉，鸡群牛羊，出入依时，各种昆虫也在家园中自在地繁生。这片熟悉的自然景象，逼显了人事不全，也召唤人们回到和谐的自然之中，安守天地，顺应时令，亲爱生民，润泽待物，护持住温厚安稳的人世。这一理想也是中华民族数千年来的宏愿。

二

爱情离合的悲喜

人身既降，便展开了与外在人、物应接的历程。情便是应接之际所自然萌生的一份美好而缠绵的牵挂，它透显在各种人伦关系上，焚燃起光华温馨的火焰，慰藉着天地间一切有情生命。“圣人忘情，最下不及情；情之所钟，正在我辈。”（《世说新语·伤逝》）人身即是无数情种，在人世间庄严地萌生、发放，今人如此，古人亦如此。《诗经》中即时时闪耀这份人间情爱的光华，如《小雅·蓼莪》咏亲子，《棠棣》言兄弟，《伐木》写友朋，都是真情至性的咏叹；而书中投注更多关切的是那千古人心所共同热切追寻的主题——儿女情爱。

人海纷华，我们与每一照面的众生都有一份同胞的情亲，但谁是那相互知契扶持、莫可替代的伊人？追寻的途程悠远而窈窕，《秦风·蒹葭》一诗婉转细致地表达了情思的迷离恍惚：

《诗经·卫风·伯兮》图 • 选自清高侪鹤《诗经图谱慧解》

蒹葭苍苍，白露为霜。所谓伊人，在水一方。溯洄从之，道阻且长。溯游从之，宛在水中央。

蒹葭萋萋，白露未晞。所谓伊人，在水之湄。溯洄从之，道阻且跻。溯游从之，宛在水中坻。

蒹葭采采，白露未已。所谓伊人，在水之涘。溯洄从之，道阻且右。溯游从之，宛在水中沚。

莽苍的秦地为背景，秋光满目，惆怅在心，溯洄、溯游的回曲途程，也是内心凄迷低徊的相思情怀。伊人在遥远的彼方，仿佛而难确真。只因一点情心的认定，召唤着我们漂泊的风帆逆水乘波，去追寻她的踪迹。伊人固然可以落实为人世某一特定的对象，心中思慕而难接近。而在逢遇特定的对象前，心中想望着的山际水涯飘摇髻鬓的影像，实更长期地引领着我们的追寻。伊人的不定与虚幻，使得追寻之途充满了孤清凄寂，而他将完成的无憾情爱，也带来淡淡的预期的温慰。

追寻的步履缩短了双方的距离，在邂逅的刹那，充满了无尽欢喜。《郑风·野有蔓草》云：

野有蔓草，零露漙兮。有美一人，清扬婉兮。邂逅相遇，适我愿兮。

野有蔓草，零露瀼瀼。有美一人，婉如清扬。邂逅相遇，与子偕臧。

在草势蔓延、物遂其情的原野里，一对大自然的儿女不期而遇，相互钟情，安抚了向来漂泊追寻的心思。眉目清扬，身姿绰约，固是女子素有的美貌，而在照会的喜悦之情里，她出落得更加鲜采动人。往昔追寻的凄迷已然隐退，未来发展的情境尚未可知,只有交会的当下凸显出来，充满了惊喜与满足。此外，如《唐风·绸缪》的“今夕何夕，见此良人。子兮子兮，如此良人何”，《郑风·风雨》的“既见君子，云胡不喜”，都是逢会当下的深心慰叹。

邂逅惊艳之后，是否都得畅送情思、“与子偕臧”呢？《周南·汉广》却云：“南有乔木，不可休思；汉有游女，不可求思。汉之广矣，不可泳思；江之永矣，不可方思。”烟水浩茫，无能横越，无所着力，唯有徘徊瞻望，长歌浩叹。《陈风·月出》云：“月出皎兮，佼人僚兮，舒窈纠兮，劳心悄兮！”更是跌入一片无奈的忧结感伤之中。这份无奈可能便是一段情缘的结局，但也有另一种可能：莫得亲近的分隔是来自礼法或其他外力。如《郑风·将仲子》云：“将仲子兮，无逾我里，无折我树杞。岂敢爱之？畏我父母。仲可怀也，父母之言，亦可畏也。”既肯定相知相悦之情，复谨守家中礼法，不可逾越。先不论礼法是否造成二人未来必然的阻隔，当下对双方情爱的肯定已是慰安，此后遂能沉静地等待阻力化解之时。

情爱的允诺，有时表现在以物相赠，以为信守。《卫风·木瓜》云：

> 投我以木瓜，报之以琼琚。匪报也，永以为好也。
>
> 投我以木桃，报之以琼瑶。匪报也，永以为好也。
>
> 投我以木李，报之以琼玖。匪报也，永以为好也。

一来一往，相互赠答的岂在于真实的果实与美玉，而在于彼此美好而珍重的心意。现实的评价中，美玉珍贵，果实轻微，而在情爱的世界里，它们同样完整得不可计量。一投一报的行为也不是一时的酬对，而是此生永恒交好的允诺。相互投赠之物因“永以为好”的深情厚谊而拥有了崭新永恒的意义。《邶风·静女》云：“静女其娈，贻我彤管。彤管有炜，说怿女美。自牧归荑，洵美且异。匪女之为美，美人之贻。”言中亦是此意。情爱既经相互允诺，便开展一生的专注信守，无论形躯是否得相欢聚，也无论是否已成夫妇。

《郑风·出其东门》云："出其东门，有女如云。虽则如云，匪我思存。缟衣綦巾，聊乐我员。"芸芸女子，颇多奇丽，然而牵引不动我的心思。因我心中自有思念的对象，虽是荆钗布裙，却是我笃定的认取之人，没有犹豫或勉强，纯然发动自彼此珍重的情意。此情可贯生死，《王风·大车》说："谷则异室，死则同穴。谓予不信，有如皦日！"生不得相从，那么等待死后的相守吧！这是何等沉痛有力的誓约。

离别是人世间难以避免的情节，彼此温馨的护持不得不暂时中止，往日的回忆、今日的相思与未来相会的等待，取代了情爱的温暖，虚幻而湿冷地缴绕人心，教人"一日不见，如三月兮"，"一日不见，如三秋兮"，乃至"一日不见，如三岁兮"（《王风·采葛》），也令人在等待的岁月中，甘心因相思而憔悴："自伯之东，首如飞蓬。岂无膏沐，谁适为容？……愿言思伯，甘心首疾……愿言思伯，使我心痗！"（《卫风·伯兮》）。

情爱本身也有令人痛心的摧折，以往所认取、信任的君子，原来并不贞定，以往"及尔偕老"的期望，原来只是一己愚痴的幻想。"士贰其行"的冷酷事实劈开了情爱世界的完足，此后独自面对残败的宇宙，唯有"嘅其叹矣"、"条其啸矣"、"啜其泣矣"，啃咽下"遇人不淑"的幽恨。《王风·中谷有蓷》中的仳离之女，或者《卫风·氓》、《邶风·谷风》中的弃妇，细数过往记忆，有两情相悦的期会："既见复关，载笑载言。"有郑重合礼的婚姻："以尔车来，以我贿迁。"有安贫力作的厮守："夙兴夜寐，靡有朝矣。"走过艰辛的岁月后，却相迎以"女也不爽，士贰其行"的结局。她勇敢指出二人质性的相殊，被弃固然堪哀，而悲哀中自能站出坚贞的身姿，反衬出对方的不堪。但那毕竟是自己曾一心仰望的良人与家室，虽因色衰而爱弛，情仍痴着，"毋逝我

《诗经·秦风·蒹葭》图 • 选自清高侪鹤《诗经图谱慧解》

秋水莽苍，霜露凄迷，正如追寻者怅惘的心境。

梁，毋发我笱”——你们不要轻易动用我一手建立的家业，那鱼梁，那鱼笱，都有我血汗斑斑的渍迹啊！情痴中涌见愤激，然理智随又清醒：“我躬不阅，遑恤我后。”己身已不见容，走后的家事如何顾得？又转成一片冰冷彻悟，在转折跌宕间，心中苦毒至极：“谁谓荼苦？其甘如荠。”荼菜之苦与自身心境之苦相较，反是甘甜的了。

《诗经》如此多样地呈显儿女情爱的面貌，正因它来自民间，而情之一字，又是世间儿女不能自已的关注主题。后代经学家每喜附会“美后妃之德”、“刺男女淫奔”等道德裁判，在当时固然有其政教功能，却掩去了它们本来所流露的真实活泼的人性。朱熹《诗经集传序》首先跳出传统诗教的约束：“凡《诗》之所谓风者，多出于里巷歌谣之作，所谓男女相与咏歌，各言其情者也。”我们今日读《诗》，便还它一个本来面目，去感受先民素朴生命在情爱世界中的种种悲喜律动吧！

三

浪泊无依的忧思

西周固然大抵提供了一个安定的政治背景，作为人们休养生息的后盾，然施政日久，纲纪渐弛，政治的运作不再是护持民生的力量，有时反而带来伤害，成为苦痛的根源。尤其是夷王、厉王之后，朝政腐败，民生凋敝，外患频仍，兵革不歇。周室在飘摇辗转中，终致东迁，封建瓦解，天下局势分崩离析，陷入极度混乱之中。这混乱的世局鞭策着世人忧患的心灵，去思索适宜的济世之道，而有后来的诸子并起、百家争鸣，蔚成学术思想的盛况，支拄这些璀璨的才智成果的，正是天下子民深沉的苦难。周人走过这些风雨岁月，内心激荡的悲思幽叹自然流露在诗歌之中，在欢喜颂赞的声音之外，另成一股别调。《礼记·乐记》即云："凡音者，生人心者也。情动于中，故形于声，声成文，谓之音。是故治世之音安以乐，其政和；乱世之音怨以怒，其政乖；亡国之音哀以思，其民困。声

《诗经·小雅·采薇》图 • 选自清高侪鹤《诗经图谱慧解》

风雪的征途上，饥寒的战士心中怀有无限伤悲。

音之道，与政通矣。”《诗经》乐谱已佚，各种声情今日不可复寻，但文辞中依然传递出种种情绪的波纹，在我们阅读之际推涌人心。申述苦难、批判现实的诗作遂以其哀怨的辞情，在三百篇中独树一帜，令人恻然动心，这也是《毛诗序》作者（相传为子夏，或言后汉卫宏）特别提出“变风、变雅”的原因吧！“变”是指时世由盛而衰，政教纲纪大坏，相对的，民心失其安顿，诗歌吟咏遂也因之而变了：“至于王道衰，礼义废，政教失，国异政，家殊俗，而变风变雅作矣。”《诗大序》虽每从政教观点解《诗》，不必全然作为读《诗》的依据，但它能打破风、雅的分限，发现其间共存的现象，却是直探人心的看法。

面对现实人世的不完美，《诗经》或者呈显行役的忧劳，或者申诉流亡的悲苦，或者直抒忧愤的心情，凡此种种，都有深切的描写。

西周中叶以后，猃狁（北狄之名，殷周间称鬼方，秦汉时称匈奴）即在北方形成威胁中原的力量，戍役征伐渐成边政要事。被征遣的人民辞离了安定的家园，独自踏上浪泊的征程，接受风尘仆仆的洗礼，忍受饥渴交迫的磨炼，并从日夜怀乡的愁绪中挣扎出来，去勇敢面对战事的危险。其间能存有的安慰，便是战事的胜利与为国忧劳的担当了。《小雅·采薇》写北伐猃狁的战士归途中的心境：

采薇采薇，薇亦作止。曰归曰归，岁亦莫止。靡室靡家，猃狁之故。不遑启居，猃狁之故。

采薇采薇，薇亦柔止。曰归曰归，心亦忧止。忧心烈烈，载饥载渴。我戍未定，靡使归聘。

采薇采薇，薇亦刚止。曰归曰归，岁亦阳止。王事靡盬，不遑启处。忧心孔疚，我行不来！

彼尔维何？维常之华。彼路斯何？君子之车。戎车既驾，四牡业业。岂敢定居？一月三捷。

驾彼四牡，四牡骙骙。君子所依，小人所腓。四牡翼翼，象弭鱼服。岂不日戒？猃狁孔棘。

昔我往矣，杨柳依依。今我来思，雨雪霏霏。行道迟迟，载渴载饥，我心伤悲，莫知我哀！

异地的凄冷无依，身心的饥寒疲惫，如此真实而痛切，煎熬着行役的征人，也鼓动他归家的想望。但归期是未定的允诺，“王事靡盬”，外患不止，征戍的职责便也一时难以放下。诗人在此温和地推究造成自己伤悲的原因，跳过了征召的长官和无力克抑外患以保安定的王室，只幽幽指出都是“猃狁之故”。诗篇遂也隐隐有着敌忾同仇、舍我其谁的悲壮情怀，《秦风・无衣》云：“岂曰无衣？与子同袍。王于兴师，修我戈矛，与子同仇。”即以较单纯的观点写秦人参与王师的奋不顾身，这种同仇御外的担当，支持了征人前进的步履，与乡愁取得抗衡之势，而能恪守岗位，不做逃兵。于是，国事的忧患、乡园的怀思与行役本身的辛苦共同凝聚成征夫心中沉沉的伤悲，即使戍役得归，猃狁仍是北境的大患，仍有无数战士在浪泊的行程中赓续这份心情。《小雅・四牡》云：“王事靡盬，不遑将父……王事靡盬，不遑将母。”服役久不得归，不得奉养父母，“岂不怀归”？但在国事公义的前提下，只有温厚地发为诗歌，思念家人，独自咽下伤悲了。《魏风・陟岵》写登高怀乡，假设父母兄弟也正遥相怀想，他们的关慰祝勉正是征夫的忧思与自儆啊！

如若王室仍能维系民心，人民尚能以温厚的辞气发抒伤悲之情，一旦兵役过苦，人民感受不到王朝的诚意，怨愤之情便也超越军政兵律的抑压，爆发极度哀苦的指控，《小雅·何草不黄》可为代表：

何草不黄？何日不行？何人不将？经营四方。

何草不玄？何人不矜？哀我征夫，独为匪民。

匪兕匪虎，率彼旷野。哀我征夫，朝夕不暇。

有芃者狐，率彼幽草。有栈之车，行彼周道。

篇首连用“何”字，造出一片地老天荒的仓皇景象，草木憔悴的背景中，是征人们无日或止的奔波病苦。这不是少数人的遭遇，而是绝大多数人共同的劳苦，那么执政者的心态便不能不反省了：若以民（人）看待百姓，则应以仁爱看护他们；而今如此不加顾惜，是不将他们看作人了。难道他们独独不是人么？苦役之情升达顶点。下文一转，以野牛、虎、狐各得其所、随性自在，对照出征人的身不由己、日夜奔忙，则是畜生反可歆羡了。从逼仄中退后一步，旁观野地生物，心境仿佛松缓些，然实则满腔悲愤扩延向无尽荒野，心境在无奈中益发沉冷了。

幽、厉荒佚，不恤民命，西周终于不保。骊山之乱，犬戎杀幽王，平王东迁洛邑，是为东周，故都镐京遂废。无数战士的血汗与百姓离苦，终究不能护持家国的完整与平安，面对残破的故土，那劳苦的征人心何以堪？《王风·黍离》云：

彼黍离离，彼稷之苗。行迈靡靡，中心摇摇。知我者谓我心忧，不知我者谓我何求。悠悠苍天，此何人哉！

行役者西至镐京，见宗庙宫殿均已残毁，夷为农田，触目所及，不复当年旧迹。沧海桑田的变化，国势陵夷的感伤，莫可扭转的无奈，在在积聚为深重的忧患，而致“中心摇摇”、“中心如醉”、“中心如噎”了。

朝政不修的结果，岂止宗庙毁废、国都播迁而已，百姓更是苦难的直接承受者。《魏风·硕鼠》怨责朝政贪残，不得已决定舍离故园，步上流亡之途，去寻觅可以安居的乐土。只是，乐土在何处?

硕鼠硕鼠，无食我黍！三岁贯女，莫我肯顾。逝将去女，适彼乐土。乐土乐土，爰得我所！

面对不合理的政治，先民较少进行正面的反抗，但是会以逃离的态度表达消极的反抗。当年殷民去纣而就西伯，即是“逝将去女，适彼乐土”的表现，而今魏人能另得乐土吗？贪残的政治若不只魏国，举世滔滔若是，人民将何所逃于天地之间?《大雅·桑柔》即写出这一片惨恻困境：“乱生不夷，靡国不泯。民靡有黎，具祸以烬。”动乱不得安平，国家怎不走上灭亡之途，人民历经丧乱流离，幸存者如焚后余烬，在沉哀中检视浑身伤痕，对当前时世已无信心，发为消极悲痛的呻吟：“我生之初，尚无为；我生之后，逢此百罹。尚寐无吪！”（《王风·兔爰》）此生不乐，便长眠不动不醒吧！醒了便不得不见到人世的苦难，而涌升不尽的忧思了。《小雅·北山》指陈劳逸不均；《巧言》、《青蝇》指斥谗人乱政；《小雅·节南山》、《小雅·正月》、《小雅·小旻》、《大雅·荡》警戒用人不当、宠佞黜贤，将至败亡；《小雅·小宛》、《大雅·桑柔》、《大雅·召旻》、《大雅·云汉》感伤祸患丧亡，莫非“耿耿不寐”（《邶风·柏舟》）者清醒的呼声和忧患。

《邶风·柏舟》为我们描绘出如此清醒者的神貌：

泛彼柏舟，亦泛其流。耿耿不寐，如有隐忧。微我无酒，以敖以游。

《诗经·邶风·柏舟》图 ● 选自清高侪鹤《诗经图谱慧解》

耿介清醒之士每每领受一份孤寂，但在孤寂中仍坚持自我的原则。

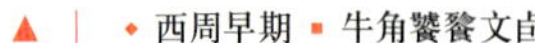

西周早期 牛角饕餮文卣

西周早期 康侯爵

…………

我心匪石，不可转也。我心匪席，不可卷也。威仪棣棣，不可选也。

…………

日居月诸！胡迭而微？心之忧矣，如匪浣衣。静言思之，不能奋飞。

非我无酒，实是不饮，一则不肯与世俱醉，改变心志，一则不愿以酒解忧——此忧深沉，也不是酒能解得。忧患的内容包括个人心志与小人的摩擦，正义与邪佞势力的冲突，家国兴衰治乱的政治抉择。自古以来，“耿耿不寐”的忧患君子始终是维续人世清明的一大力量，我们可以在各个时代中访寻得他的影子（这也是《柏舟》有如屈原《离骚》雏形的原因）。只要坚贞的心志不屈不挠，正义不妥协，人世也就可有所为，存有希望了。

四

怀恩颂德的虔敬

哀乐悲喜的浪潮始终不歇地拍击人世的崖岸，在不规则的波涛间，难以寻问它们如何兴起，如何涌荡，如何消失。最真确感受着的，是那泪涛涌上身来卷裹住自己的感觉，《诗经》中对此多有抒发，而少严格检讨现实作为的得失。当蒙受苦难委屈，有如醉如噎的悲愤悒忧，也会爆发对不平的控诉，却终究不能通过理智的检视，为人事厘划明晰的理路，以消解它们。代之的是情绪的陷溺，将苦难归因于天地，例如《小雅·巧言》云：

悠悠昊天，曰父母且。无罪无辜，乱如此幠。昊天已威，予慎无罪。皇天泰幠，予慎无辜。

人身无罪无辜，却蒙受如此乱苦，唯有向天申述，这些际遇难道是上天施怒于无辜百姓？然而，上天又是先民们如父母般孺慕敬奉的对象，何以失

《诗经·小雅·鹿鸣》图 • 选自清高侪鹤《诗经图谱慧解》

呦呦鹿鸣与佳乐旨酒象征着国事安稳，人情静好。

《诗经·小雅·甫田》图 • 选自清高侪鹤《诗经图谱慧解》

丰收的庆典上，官民互相祝贺，一片岁暮安闲景象。

了慈蔼而替以严冷的面貌？这是没有回答的问题，只能静静接受："民今方殆，视天梦梦……谓天盖高，不敢不局。谓地盖厚，不敢不蹐。"（《小雅·正月》）忧愤戒慎固然不能化解，但是只要将问题推给上苍，对人间的不平便仿佛减轻了些。长期累积的对天道的信任可以隐隐提供慰安，当上苍威怒过后，人世便可平安，何况上苍总是保爱子民的呢？

先民对天地的信任，除了表现在"日居月诸"式的呼天以告（如《邶风·日月》），或者"田祖有神，秉畀炎火"（《小雅·大田》）的天人感通，共同除虫护禾，更主要地流露在年年岁岁恭敬祭祖上。《诗经》中的"颂"即祭祀时的颂赞之词，它们洋溢着对大地诸神以及先祖的敬重与依附。如《周颂·丰年》云：

> 丰年多黍多稌，亦有高廪，万亿及秭。为酒为醴，烝畀祖妣。以洽百礼，降福孔皆。

这是丰年秋冬祭神的颂诗，秋祭后土和四方，冬祭田祖百神，即是《小雅·甫田》中讲的"以社以方"、"以御田祖"。先民勤奋耕植，换取生活的安顿，同时也谦卑地发现，护持黍稷丰收的不只人力，还有四时节气的滋润、大地厚土的培育、四方诸神的保爱，心中充满了感激，而涌升伦理般的情感。周室先祖与天地神祇即在这一份对人世的大爱上取得全然感通。在后人追念中，以一贯的德性相感召，如《周颂·思文》颂后稷：

> 思文后稷，克配彼天。立我烝民，莫匪尔极。贻我来牟，帝命率育。无此疆尔界，陈常于时夏。

《周颂·维天之命》颂文王：

> 维天之命，于穆不已。于乎不显，文王之德之纯。假以溢我，

我其收之。骏惠我文王，曾孙笃之。

天地之大德曰生。四时运转，山河变化，自然以笃定厚实的力量，培护万物在合理的秩序中生长。后稷能种植百谷、养育万民，且不分地域，恩泽普及，正是能上体天命的德业展现。文王上承先祖，益加发皇，他的纯德大惠，也是天命不已、下贯人世的显扬。先民虔敬地感念天地、先祖的恩德，同时也开启了中国天人感通的传统信念——以性命上参天道。

先民感怀恩德，以祭祀作为具体发抒的途径，虔敬的心情便表现在祭祀的礼文上。《小雅·楚茨》即是描写祭祖的代表作。诗分六章：首章从农事引入，以丰收的黍稷作为祭祀的酒食；二章写献上牛羊牺牲，请先祖来飨；三章准备俎豆菜肴，主妇宾客依礼拜祭；四章写敬谨地祷告祈福；五章写祭祀事毕，送神彻馔。六章写祭祀之后，同姓宴饮，以人事祥和作结。全诗描述周代祭祖大典，周详而有层次，意思笃厚，神人款洽。《小雅·信南山》也写祭祀，篇首先推功于大禹的治理九州与上天的雨雪滋润：

信彼南山，维禹甸之。畇畇原隰，曾孙田之。我疆我理，南东其亩。

上天同云，雨雪雰雰。益之以霢霂，既优既渥，既沾既足，生我百谷。

这份推本感恩的心理使得祭祀不只是例行的虚文，也因这份孺慕依附才使得祈求福寿不是人性的贪求。通过祭祀，神与人在亲和的关系中沟通无碍。

前引诗中的“曾孙（后世子孙）田之”、“我疆我理”，亦显示出先民对当前田政努力的敬重；在对天地、祖德的感戴外，也有对当政者的感激，所以岁暮安闲里，自然同声祝福君王。《豳风·七月》在长篇叙录农民生活后，以“跻彼公堂，称彼兕觥，万寿无疆”作结；《小雅·甫田》写官民相亲以成丰年后，也结束在“农夫之庆，报以介福，万寿无疆”；《小雅·天保》

尤见一片殷勤诚恳，其第六章云“如月之恒，如日之升。如南山之寿，不骞不崩。如松柏之茂，无不尔或承”。这些祝福都起自对安好生活的感激。有德之君推施福泽，广被百姓，人民自然希望他长保寿考、永不凋零。奈何死亡是不可避免的结局，于是有了《小雅·鼓钟》这样的诗篇：

鼓钟将将，淮水汤汤，忧心且伤。淑人君子，怀允不忘。

君侯已殁，永恒的山川对照着人世的变动，而人世变动中，却有一缕怀思绵绵渺渺延续下来，那是逝者的德惠与生者的感激共同结合的情感。

宴飨诗是另一系流露人情相知相重的诗作。无论是君臣共同面对治国抚民之事，或者百姓共同从事耕植农事，在坦诚相待、尽心参与中，肯定对方的智慧、劳力是不可或缺的要素，宴飨之际，自然流露出一份谦抑的感激心意。如《小雅·鹿鸣》写宴乐群臣：

呦呦鹿鸣，食野之苹。我有嘉宾，鼓瑟吹笙。吹笙鼓簧，承筐是将。人之好我，示我周行。

爱民治国的大道是群臣献议的智慧，君主谦容地接纳，而以音乐旨酒聊表谢忱，上下共同沐浴在喜悦的氛围里，好一片国事安稳、人情谐好的景象。余如《小雅·伐木》、《小雅·鱼丽》、《小雅·南有嘉鱼》等诗写宴飨朋友故旧，准备了丰美的酒食与情谊，等待与朋友同乐。“宁适不来，微我弗顾”——难道不来么？并不是我不想念啊；“神之听之，终和且平”（皆见《小雅·伐木》），敬慎相待，并接受朋友规劝之义，一片笃厚心意，在人世间传递着温暖的光热。

五

质朴回复的音律

《诗经》有六义之说，风、雅、颂为其体类，分法可能与乐章腔调有关；赋、比、兴则为其作法。

今本《诗经》体制即分风、雅、颂三类，首列十五国风，次列小雅、大雅，然后周、鲁、商三颂。风为各地民俗歌谣，依序为周南、召南、邶、鄘、卫、王、郑、齐、魏、唐、秦、陈、桧、曹、豳，也有人从音乐观点将二南独立为另一体类。雅是周王朝的全国性诗歌，较具政治教训的意味。颂则多是宗教祭祀时所用之赞神诗，配合舞容，颂美天地先祖的恩德。它们都以赋、比、兴的手法表现了先人的生活与性情。赋为直叙手法，直接敷陈事物、表达意旨，作者的情意即显现于文字上，并无弦外之音。如前引《豳风·七月》，随节气推移而描述天候、草木、昆虫、人事的相应变化，文字本身即是先民一年生活的真实记录。比则相当于修辞学上的比喻，访求事物的相关性质，以彼物比此物，而不作直接的描绘。如《召南·何彼秾矣》云“何彼秾矣，华如桃李。平王之孙，齐侯之子”；如《郑风·有女同车》云“有女同车，颜如舜华……有女同行，颜如舜英”，以桃李、木槿（舜）比拟容貌之美；又如《魏风·硕鼠》以硕鼠比统治者而不明言，皆是隐喻手法。兴则历来解说纷纭。《毛传》未作说明，只标出一百一十六首诗之章或句为兴，后代学者据此探求兴之意义，或者认为兴与声韵有关，就眼前所见之物发兴，然后转入正式的表达意旨的词句，二者有叶韵的关系，而无意义关联。如《周南·关雎》有“关关雎鸠，在河之洲。窈窕淑女，君子好逑”，以雎鸠发兴，只是为了鸠、洲、逑叶韵。另有学者认为兴有引物起意、唤起联想的作用，如雎鸠是“挚而有别”的动物，可唤起关于夫妇伦理的联想。因此，兴与诗义之间是否有理可说，一直陷于争议之中，近现代学者也努力于澄清其义。其中，陈世骧先生的《原兴：兼论中国文学特质》一文，追溯兴的原始取义，重新诠释兴法，颇为适切。兴为群众合力举物旋游时所发出的声音，带着神采飞逸的气氛。共同举起一件物体而旋转，暗示了歌、舞、乐合一的原始艺术精神，它萌生了初民歌谣的初型，也构成了较晚出诗篇（如《诗经》中作品）的完美形式。诗人“回溯歌曲的题旨，流露出有节奏感有表情的章句，这些章句构成主题，如此以发起一首歌诗，同时决定此一歌诗音乐方面乃至于情调方面的特殊型态”，这便是兴。兴在诗中负有巩固诗型的任务，“时而奠定韵律的基础，时而决定节奏的风味，甚至于全诗气氛的完成”，它常以复沓、反复回增来表现这些特殊功能。如《召南·江有汜》云：

江有汜，之子归，不我以！不我以，其后也悔。

江有渚，之子归，不我与！不我与，其后也处。

江有沱，之子归，不我过！不我过，其啸也歌。

重复的章句决定了作品的音律节奏，也决定了诗篇忧急苦愤的气氛。另如《周南·芣苢》云：

采采芣苢，薄言采之。

采采芣苢，薄言有之。

采采芣苢，薄言掇之。

采采芣苢，薄言捋之。

采采芣苢，薄言袺之。

采采芣苢，薄言襭之。

无论视为三章还是六章，全诗都依一定的节奏作整齐的变换，写村妇采撷车前子的连续动作，由发现、拾取、抓捋，至以衣承装、将下摆掖于腰带间，舒畅的旋律展现出细致而从容的平野风情，可说是最素朴的反复回增的兴法。再如《陈风·泽陂》云：

彼泽之陂，有蒲与荷。有美一人，伤如之何？寤寐无为，涕泗滂沱。

彼泽之陂，有蒲与蕑。有美一人，硕大且卷。寤寐无为，中心悁悁。

彼泽之陂，有蒲菡萏。有美一人，硕大且俨。寤寐无为，辗转伏枕。

此篇写男女相悦、思而不见的情怀。水边泽畔生长着许多植物——蒲草、荷花（菡萏即荷）与蕑兰，相互展现着芳香与姿态，犹如儿女情爱的甘美与相得，先人见此不禁咏叹，并引发对美人的思念之情。全诗在同一句型的反复使用中，流露出凄美执着、缠绵不尽的情思；而相同句型中变换的字词，则改易了各章的音韵，并推进情感的强度与深度。另如前引《蒹葭》一诗三章，也是使用同样的句型造成同样的韵律节奏，以表达追寻的惆怅惝恍。

而“在水一方”、“在水之湄”、“在水之涘”一类的变换，在反复的章法里造成回荡增强的效果。《诗经》绝大部分作品使用了兴法，来表现作者心境，并构成完整而统一的形式。当一组有节奏、有表情的章句被接纳为大家认同的辞义关系，便很容易以其固定的节奏与表情在其他地方重复出现，或者在同一首诗里，或者在不同的诗篇里。如《邶风·谷风》与《小雅·谷风》皆以“习习谷风”起兴，表达弃妇的哀怨；《邶风·柏舟》与《鄘风·柏舟》皆以“泛彼柏舟”起兴，表达志节的坚贞；《邶风·凯风》的“睍睆黄鸟”、《秦风·黄鸟》的“交交黄鸟”、《小雅·绵蛮》的“绵蛮黄鸟”皆写哀伤；《陈风·东门之枌》、《陈风·东门之池》、《陈风·东门之杨》、《郑风·东门之墠》皆以儿女情爱为主题。兴并不一定独立出现，可和赋、比配合使用，乃至同时并兼，这些繁复的诗艺问题，本文篇幅所限，只能讨论至此了。

先民在山河大地上俯仰生息，日月山川、草木鸟兽提供了生活体验的背景，也如实地被呈显在语言文字中。《诗》三百篇中先民的性情展现，无论是安守自然的厚实、爱情离合的悲喜，还是浪泊无依的忧思、怀恩颂德的虔敬，都是人心与自然结合的韵律。先民或者以物起兴，或者取物作譬，或者就以自然作为身心应事的背景和依归，多建立在自然浑朴的本貌上。而先民的心灵律动投入其中，也成为自然的一部分，相与冥合。我们通过《诗经》寻访先人的踪影，其实也是在叩问人类生命的普遍信息，那自然素朴的原始信息未曾离失，只是距离已有些遥远了。

男耕女织是我国往昔典型的农村生活方式。《诗经·豳风·七月》即是歌咏农桑的诗。

我国昔日农耕方式与妇女蚕桑丝织的情景·选自清焦秉贞《耕织图》

南宋・马和之・《诗经・小雅・节南山之什》图卷（局部）

▲ | ▪《九歌》中的诸神 • 选自元赵孟頫《赵松雪九歌图》

潇湘烟雨带给楚人丰富的想象与浪漫的情怀，九歌相传为屈原根据楚俗祀歌改写而成，神媒以歌舞表现众神的威仪，也传达人神之间的情思。

图从左至右依序为东皇太一、云中君、湘君、大司命、少司命。

第二章

潇湘逐客的情愁——楚辞

小引

泽国的神曲

▲ | ▪《九歌》中的诸神 • 选自元赵孟頫《赵松雪九歌图》

上为山鬼，左下为东君，右下为河伯。

秋来洞庭，袅袅西风随着江水东下，推涌入湖，一片纹浪便在辽阔的水面上滉漾开来。郁结在丘陵川泽间的云烟恍如受了感染，也随水波韵律摇摆起伏。泽畔渚岸，枯黄的落叶在风中飘旋数转后缓缓掉落，一份淡淡的惆怅弥漫于这片烟波浩渺的南国。潇湘水云，洞庭风波，仿佛若梦，而人生不就是一场可真可幻的梦吗？在这古名“云梦”的大泽上，有多少我们未曾参透的信息？有多少我们无法自主的命运？看看那日月山川的形貌，听听那生喜死悲的声音，怎不既惆怅于人生有尽，又珍悦这天地的美好？惆怅是不能化解的，那么，便带着它面对那美好，化作宗教的礼赞和崇拜吧！在祭祀的典礼中，去参入一场人神交感的梦。

持一枝芬芳的菊芭，随着渐急的鼓乐，扮作担当神媒的巫，妙舞一段回旋的曼姿。美丽的神灵便纷纷来降人间，降至秋风袅袅的洞庭烟波之上，华彩的衣服在风中翻飞起飘逸的弧纹，琳琅的佩饰传送着琤琮悦耳的玉声。水上洲渚生长着丰美的芷茝苹兰、芙蓉薜荔，种种香草芳华正可供美丽的众神作栖止的处所啊！可是，为什么有那犹犹豫豫的身影，有那忧忧伤伤的眼神？飘动的衣袂不全因风波外拂，也是心魂的有所期望与不安？张望的眼眸不只为观览草木风月，也是为寻索那心中思慕的佳人？众神徘徊，灵巫踌躇，潇湘的祭祀流转着人间神秘而又真实的情思。

这份柔婉美丽的思慕与徘徊，既是《九歌》中神人恋爱的情怀，也是楚辞作品中普遍潜涌的思慕君国的情怀。

楚辞是战国时代南方楚国的诗歌。楚在商周之际即已建国，不断扩大土地，增强国力；到战国时，其独特的文化风貌已足与北方的周文化分庭抗礼。江南地广，川泽纵横，山林富饶，人民不忧饥寒，加上山水蜿蜒、景致多变，大自然神秘繁华的风情成了衣食之外主要的召唤，民风也就较厚实的北地显得浪漫虚无了。楚人除天帝祖先之外，感于日月、山川、风云的神秘幻化，莫不视为神灵加以崇拜。然而，这些神灵并非高悬的、陌生的权威，而是可以通过巫来降人间，与人相亲的美丽仙子，也有浪漫的情思变化呢。楚人通过想象，孕育出种种神话与传说，通过祭祖仪式来传达自己的情思，所以《汉书·地理志》说："楚地信巫鬼，重淫祀。"这份民风除了宗教信仰的意义外，也深切影响着楚地的艺术风格，如音乐韵律即与北方迥异。《左传·成公九年》记载，楚人钟仪被囚于晋，仍冠南冠、操南音，以这份对自我文化的尊重与恋慕，取得晋人的尊重，从中可见楚国音律异于北地。早期诗歌与音乐、舞蹈三位一体，形式风格也随之有异。楚辞即是这文化背景所独特孕育出的瑰丽诗歌。

宋黄伯思的《校订楚词序》这样解释楚辞的名称：

> 屈、宋诸骚，皆书楚语、作楚声、纪楚地、名楚物，故可谓之楚词。若些、只、羌、谇、蹇、纷、侘傺者，楚语也；顿挫悲壮，或韵或否者，楚声也；沅、湘、江、澧、修门、夏首者，楚地也；兰、茝、荃、药、蕙、若、苹、蘅者，楚物也。

屈原以前的楚辞，大概如《孟子·离娄上》所记录的《沧浪之歌》的面貌吧：

> 沧浪之水清兮，可以濯我缨；沧浪之水浊兮，可以濯我足。

或者如《说苑·善说篇》记录的以楚语翻译的《越人歌》：

> 今夕何夕兮，搴舟中流。今日何日兮，得与王子同舟。蒙羞被好兮，不訾诟耻。心几烦而不绝兮，得知王子。山有木兮木有枝，心悦君

一 《九歌》中的诸神 • 选自《赵松雪九歌图》

上为湘夫人，下为礼魂。

兮君不知。

直到屈原出现在这片潇湘烟雨的背景中，以他执着的深情遭逢理想的阻顿与破灭，发为婉丽的悲辞，楚辞遂以它惊绝的风貌出现在中国文学的舞台上，与《诗经》并为先秦文学的两大瑰宝。

屈原之后，宋玉、景差、唐勒等人继起，延续着楚辞婉丽的文统；入汉流传更广，连模仿的作品也纳入了楚辞的名称底下。汉代刘向编辑的《楚辞》一书，即收屈原作品以及汉人的模拟之作，后王逸在此基础上作《楚辞章句》。宋代朱熹作《楚辞集注》时，又增加了唐宋时人的仿作，内容更加庞杂。今日我们谈楚辞，仍将它还给战国时代的楚地诗人，尤其是屈原，因为正是在他的手中完成了楚辞的风格。

据《汉书·艺文志》记载，屈原作品有二十五篇，王逸《楚辞章句》定为《离骚》、《九歌》（包括《东皇太一》、《云中君》、《湘君》、《湘夫人》、《大司命》、《少司命》、《东君》、《河伯》、《山鬼》、《国殇》、《礼魂》）、《天问》、《九章》（包括《惜诵》、《涉江》、《哀郢》、《抽思》、《怀沙》、《思美人》、《惜往日》、《橘颂》、《悲回风》）、《远游》、《卜居》、《渔父》。其中，《九歌》可能是沅湘间楚俗祭祖鬼神的歌辞，屈原加以更定删修；而《远游》、《卜居》、《渔父》，有人怀疑非屈原自作。此外，宋玉怜哀屈原而作《招魂》，也有主张为屈原自招，或屈原招怀王魂魄。各篇楚辞，无论屈原自抒志怀，或出自后人，莫不描绘出一个背负理想原则，在充满挫折的历程上不断追寻，披发行吟、形容枯槁的影像。这憔悴与悲情属于屈原，也属于后世每一位儿女。

一

芳洁志行的坚持

中国士人才智德行的完成，以兼善天下为理想。而人文理想付诸实践，展现为具体事功，不再止于个人生命的努力修习而已，需待种种外缘，结合成有力的动机和适当的途径，才能在纷纭人世中，高悬出明净的理想原则，并顺畅地实现完成。年少的屈原，以贵族俊彦的身姿，出任楚怀王左徒，“入则与王图议国事，以出号令；出则接遇宾客，应对诸侯”。在怀王早期开明的政风中，屈原得着顺遂的政治途径，来展现他明于治乱、娴于辞令的才智。然而，理想的实践终非个人所能完足自主，自我意识的凸显遂也不能避免与外物相刃相靡。屈原奉命草造政令，却遭到其他贵族反对谗僭，怀王自此疏远了他，现实外来的风波开始激涌他的悲愤。后来屈原虽曾任三闾大夫，也曾出使齐国，但始终未再得信任。当时天下局势为齐、楚、秦三强鼎立，楚有亲齐、亲秦两派外交主张，屈原属前，而上官大夫、

▲元·赵孟頫·屈原像

屈原行吟泽畔，憔悴忧国的身影，诉说着独醒独清的寂寞，与芳洁坚贞的人格。

靳尚、令尹子兰、怀王宠妾郑袖等主后者。亲秦派昏昧短视，君王听信宠佞，乃致怀王入秦，终于客死秦地；屈原力争，被逐汉北，这些都是屈原极度愤慨而无能扭转的痛结。顷襄王继立，与秦绝交，召回屈原，但不久秦楚复交，屈原再度受谗被放于江南。朝廷一片邪慝昏浊，襄王不知省悟，重蹈覆辙，国势日渐危殆。理想在现实的冰冷残酷中破灭沉埋，但忠贞爱国的心怀是不熄的焰火，照耀着道德的清明。当人世不再有希望的召唤，只有弥漫的尘埃与陷溺的污泥，那么死亡可能是绝望与激怀的最佳归宿，屈原主动选择了它，怀石自沉汨罗。自此，潇湘烟雨在后人展望之际，不再只是自然山川的氤氲迷离，更铺染着那位贞亮逐客的无限情愁。

通过楚辞，我们得以明晰深刻地体察到屈原清峻屹立的人格，感受他九死不悔、执着而悲痛的生命悸动。

战国时代，列强纷争，祸乱频仍。诸侯固然以扩张兼并为能事，重视政术军力，而忽视根本的人文精神；许多士人更是逞智求进，以自我利害为前提，苟合取容，党同伐异，扭曲了经世济民的人文理想。屈原所面对的楚国朝廷，正是如此晦暗混浊的局势。

> 众皆竞进以贪婪兮，凭不厌乎求索；羌内恕己以量人兮，各兴心而嫉妒。
>
> …………
>
> 众女嫉余之蛾眉兮，谣诼谓余以善淫。固时俗之工巧兮，偭规矩而改错。背绳墨以追曲兮，竞周容以为度。（《离骚》）

世情如此，是非善恶、道德操守失去了理性护持的力量，人各以私情膨胀自己、诽谤他人，社会价值混乱，黑白颠倒，玉石不分。屈原陷身于其中，无法力挽狂澜，郁结为极度的悲愤，他控诉着：

玄文处幽兮，蒙瞍谓之不章。离娄微睇兮，瞽谓之不明。变白以为黑兮，倒上以为下。凤皇在笯兮，鸡鹜翔舞。（《怀沙》）

这悲愤包括了自身际遇的悲苦，与无力扭转时风、改造社会的窘困。而那掌握着国政民风最大转机的楚王，却是昏聩不明、反复无常。屈原一再等待“哲王”能够省悟，重新检讨国政民心，但怀王、顷襄王终究只是愚昧的君王，以他们的盲目无常一再浇熄屈原的希望：

初既与余成言兮，后悔遁而有他。余既不难夫离别兮，伤灵修之数化……怨灵修之浩荡兮，终不察夫民心。（《离骚》）

外在环境的混浊幽昧造成屈原的失志憔悴，却未造成他的迷失。对自我道德情志的坚持，使他站出了独特轩朗的风姿。他一方面在欲有所作为而不能的困境中，坚持知其不可而为之的勇气，寻索“致君尧舜上”的可能；一方面在不屑为、不能为的自我操持中，坚持道德的体践，守护人格的洁净与完整。

古代圣王的政绩始终召唤着屈原的心志，举贤授能，建立常度，将国家纳入合理秩序之中，才得长治久安：“彼尧舜之耿介兮，既遵道而得路……汤禹俨而祗敬兮，周论道而莫差。举贤才而授能兮，循绳墨而不颇。”现实虽然残破，民生固然多艰，但他舍身投入，屡挫屡起。希望虽然渺茫，但淑世的志怀，使他不能止息对人世的关顾与忧患，《离骚》中行程的徘徊回复，《九章》中志意的蹇折不忍，都体现了这份九死不悔的情志。而在不悔的追寻之中，屈原始终不曾妥协以换取一时的得意，“好修”的德行是他另一不悔的坚持：

高余冠之岌岌兮，长余佩之陆离。芳与泽其杂糅兮，惟昭质其犹未亏……民生各有所乐兮，余独好修以为常。虽体解吾犹未变兮，岂余心之可惩。（《离骚》）

行走在泥泞的世途，他仍坚持姿容的绝对洁净，不能忍受丝毫污染，“朝饮木兰之坠露兮，夕餐秋菊之落英”，日日以香洁润泽自己的生命光辉，“宁溘死以流亡兮，余不忍为此态也”。与世不容，在护守自我洁修的同时，也必然领受了绝对的孤寂——“国无人莫我知兮”，以及冲突的伤害——“恐嫉妒而折之”。作品中一再出现“怨”、“伤”、“哀”、“恐”、“怀”、“恨”及“长太息”等情绪语，是发自修持志行的历程中真实而痛切的感受。

《卜居》、《渔父》都通过两种人生态度的对照来呈显屈原对志行的坚持。《卜居》中指出谗人与贤士的相殊作为及报偿，假作质疑，问于太卜，而归于“用君之心，行君之意”的自我抉择，文中抒发的其实不是疑问，而是无边愤慨。《渔父》则更深刻地借屈原与渔父的对答，呈显儒、道两家的人生观点与价值争辩。屈原对现实人世与自我操持有着清楚的自觉：“举世皆浊我独清，众人皆醉我独醒。”二者相互颃颉，被群体放逐的伤害使得他憔悴枯槁。见及这份伤害，渔父建议屈原“不凝滞于物，而能与世推移”，打消相对交争、与物刃靡的成心，上达更广大逍遥的境界。但屈原基本性格属儒家，无法放下淑世的悲愿，孤芳的个性更无法舍弃人性的坚持：“安能以皓皓之白，而蒙世俗之尘埃乎？”他仍然选择憔悴枯槁以致身死。屈原虽然不能领悟道家的哲理，开拓形而上的广大世界，也未能创建儒家的入世功业，但“其志洁，其行廉”（《史记·屈贾列传》），以悲痛步履挣扎出的挺拔风姿、人格典范，在百世之下，仍足以涤荡人心，感召奔湍的热血狂情。

二

神话的缔造与幻灭

神话是人世的梦，在凝定的现实里，我们无法超越已划定的时空范畴，扭转已成形的偃蹇郁困，但人身的有限中却也存有人心的无限可能。文化被创造了，透露超越有限的信息，稍稍补偿了人世的憾恨。而神话是其中一种最自由的形式，它依凭在人世的真实上，却通过想象、创造而成为不可能被实践的真实，传达着人们对宇宙自然的诠释和情感，也透露对人世的信念。如先民相信宇宙有情，日月、山川、风云都是与人同源的亲人，所以有盘古开天辟地的神话。鸿蒙既辟，自然天地原也是那位人间父母的化身。先民们又体受寒暑水旱带来的极大灾难，而经圣君整治，天下稍安，于是有后羿射日的神话。传上古十日并出，大地焦死。后羿仰射十日，中其九，日中九乌皆死，堕其羽翼，得以舒解人间的艰苦；存其一，仍留给人间光明与温暖。人世有成功的欣慰，也有失败的悲愤，后者尤其普遍而

一 ◆元 ● 赵孟頫 ■ 弹乌解羽

传说尧时十日并出，羿仰射十日，中其九。日中九乌皆死，堕其羽翼。

一 ◆元 ● 赵孟頫 ■ 羿射河伯，妻彼洛嫔

传说河伯化为白龙，游于水旁，羿见而射之，眇其左目。羿又梦与洛水神宓妃交好。《天问》中对此类神话提出质疑。

深巨地存于人心。于是有共工争帝失败，怒触不周山的神话，悲愤之力喷薄而出，竟然可以断折天柱地维，使天倾西北，地不满东南。星辰错杂的光芒，百川奔涌的波涛，原都诉说着人间的憾恨……无数神话在先民心口之间创造衍生着，而楚地山水蜿蜒、云烟缥缈，盛行宗教巫风，神话传说亦多，屈原感染其风，作品中每每使用神话素材，为文学创作开拓了更广袤缤纷的视野，这也是楚辞瑰丽异于《诗经》朴质的主要特色。

楚辞中运用神话素材，进行二度创作，大抵可分两种处理类型。第一类保存了先民神话传说的单纯面貌。但屈原遭逢窘困不平的际遇，独立颓颉扭曲的人世秩序和价值，人世既是不可信任的，那么人世所创造的神话与历史是否可信？是否必须如此解释与发展？是否如实恰切地掌握了时间与空间的真相？许多神话传说被一一提出，加以检视，并设下了问号，《天问》篇即是如此。如对于共工怒触不周山的神话，屈原却问："康回（共工之名）冯怒，坠何故以东南倾？"对于后羿射日的神话，屈原却问："羿焉弹日？乌焉解羽？"对于昆仑悬圃等仙境的传说，屈原却问："昆仑县圃，其凥安在？增城九重，其高几里？"诸如此类对神话的疑问，和对历史道德的怀疑，并非表现了屈原的科学精神，而是宣示着屈原对旧有信念产生动摇的痛苦。沈德潜在《说诗晬语》中对《天问》的创作动机有很贴切的掌握："《天问》一篇，杂举古今来不可解事问之，若己之忠而见疑，亦天实为之。思而不得，转而为怨；怨而不得，转而为问；问君问他人不得，不容不问之天也。此是屈大夫无可奈何处。"先民创造了神话，传扬人世的某种信念与慰安，但在忧愤的诗人面前，它们无力安慰诗人，只是一缕缕薄弱易散的轻烟。

楚辞处理神话的第二种类型，为诗人运用想象组合许多单纯的神话，成为较复杂的有机结构，传达自己曲折的意念。神话既是人世的美梦，可以超越现实的有限和缺憾，诗人在无限彷徨愁闷之际，暂时遁入神话世界，脱离尘世的牵绊，也是一种无奈中的慰安。而在神话世界中的游历，也象征屈原对理想情境锲而不舍的追寻。《离骚》中的神话组织最足代表。文章在剖陈了自我九死不悔的德志坚持后，开展了想象的旅程。他驱遣神话传说中的种种鸟兽，“驷玉虬以椉鹥”，“鸾皇为余先戒”，“凤皇翼其承旗”，“驾八龙之婉婉”,而与神人往来同行,如“前望舒（月御）使先驱兮,后飞廉（风伯）使奔属”，“吾令丰隆（雷师）乘云兮，求宓妃（洛神）之所在”，一一叩访神仙处所,如昆南、不周山、咸池（日浴之处）、阊阖（天门）、天津（天河）、西极。这些寻索游历象征着屈原在真实人世中追寻理想的途程，也不可避免地必然失望中辍。个中原因，或者是自我主观的抉择，如求宓妃却发现她骄傲淫游，“虽信美而无礼兮，来违弃而改求”；或者是外来因素的阻挠，“吾令鸩为媒兮，鸩告余以不好。雄鸠之鸣逝兮，余犹恶其佻巧”。途程在波折中起伏跌宕，依其波纹，可大致分为三段。第一段由“跪敷衽以陈辞兮，耿吾既得此中正”至“世溷浊而不分兮，好蔽美而嫉妒”，第二段由“朝吾将济于白水兮，登阆风而绁马”至“世溷浊而嫉贤兮，好蔽美而称恶”，第三段由“灵氛既告余以吉占兮，历吉日乎吾将行”至“仆夫悲余马怀兮，蜷局顾而不行”。

现实人世已然失意，因对自我本质的肯定（“得此中正”）而开展的追寻之途，仍是起伏难遂。神话世界所提供的纵横开阔境地，激涌一时的欢乐豪情，人世的挫折经验一样带入神话中，只因他仍执持理想，仍是那“孰云察余之中情”的惆怅身影。全篇三起三伏、迂回婉转地呈显屈原执着的性情，

南宋·马远·乘龙图

也揭示出神话世界终非安顿之处。当第三度远游的步履因“忽临睨夫旧乡”而踌躇时，也宣告了神话的幻灭。超现实的世界终究无法作为情志的依归，“旧乡”所透露的君国眷恋、人世关怀，始终是诗人庄严无悔的担当。

三

时空流变中的感怀

时间与空间交错为万物生存的背景，它们的流动不居与广袤无涯，共同蕴生了宇宙的繁富与永恒，然而个人的生命毕竟是有限的存在，当人以薄弱的身心去面对广宇长宙，永恒与短暂，辽阔与拘隔，便无所回避地对照而出。唐陈子昂《登幽州台歌》的悲情自然涌出："前不见古人，后不见来者，念天地之悠悠，独怆然而涕下。"这悲情不单属子昂，而为众人所同感，尤其是那些独力负重的心灵。楚辞作品中也屡屡流泻着无力掌握时空的伤情。

《九歌》的主题即环绕在这份时空的伤情上。它是祭祀的舞诗，咏叹着超越时空的神与人，但楚人通过巫以寻求人与神的沟通契合，遂将人世的情感移入神灵的世界。神灵不再是时空之外从容永恒的身影，也感受着人世时空的伤怀。然则在神、人交通中，楚人何以不全然将人上提至超现实、无时空的神仙境界，去拥有绝对的欢乐逍遥？而要诸神来降人世，落入相对的时空范畴，而有这份无奈惆怅？是否缘于隐隐然对人类可能超越时空的绝望？在长期经验累积下，人们沉浸在时间的流动与空间的隔离中，去感受生死与人情，其中固然有无力自主的悲情，也有属于人的共命的熟悉与真切。打开心扉，直接率真地去接触它的冰凉，也就是人对时空的庄严回应。

《九歌》中坦承，空间的隔离使诸神或神与人不得逢会，而产生无限的怅惘与愁思。如《湘君》云：

> 君不行兮夷犹，蹇谁留兮中洲？……望涔阳兮极浦，横大江兮扬灵。扬灵兮未极，女婵媛兮为余太息。横流涕兮潺湲，隐思君兮陫侧。

您犹犹豫豫未肯前来，为谁而逗留在洲中？我驾舟四处寻访，遥遥望见涔阳的水边您横渡大江的隐约身影。然距离如斯遥远，不得跨越，旁观的人也为我嗟叹，而我只能听任泪水滑落，品尝对您的思念与凄伤。

《湘夫人》云：

> 帝子降兮北渚，目眇眇兮愁予；袅袅兮秋风，洞庭波兮木叶下……沅有芷兮澧有兰，思公子兮未敢言；荒忽兮远望，观流水兮潺湲。

您降临在北方的洲渚上，但距离遥隔如斯。我望穿秋水，无限忧伤中，只见袅袅秋风吹涌起洞庭的波浪，枯黄的落叶在风中独自飘落，还有那沅水、澧水边生长着芷草与芳兰，流水缓缓而绵漫地流过。这呈现秋日景观的空间，也是双方之间的阻隔。在充满等待追寻的眼神中，满目秋色也带来满怀秋意，而致神魂恍惚。

而空间的隔离并不只是一时的状况，每每在时间的消逝中持续为长时的姿态。时间的流逝一方面以它本身的不定令人惶恐，一方面增强了疏离的伤痛。如《山鬼》：

> 表独立兮山之上，云容容兮而在下。杳冥冥兮羌昼晦，东风飘兮神灵雨。留灵修兮憺忘归，岁既晏兮孰华予！

山鬼孤独地站在高山上，厚重的云层环拥四围，遮蔽了白昼应有的天光。东风飒飒吹起，山雨也呼应般落下来，山鬼不见所思之人的心境，也如这片独自面对的晦暗空间。而这份孤独持续着，等待的心境也持续着，时间的流逝带来惘惘的威胁，不禁要想：应趁着年华尚未尽去，得与所思愉悦厮守，等到岁暮白首，还能有逢会爱悦的希望么？《大司命》中的"老冉冉兮既极，不浸近兮愈疏"，也同样是缘于对时间流逝的不安啊！

《天问》起于人事取舍间的无限愤怨，发为郁牢的迷惑，追问自然时空的成灭、神灵的意义、人事的兴亡等是否能提炼出真理的消息。其中，"明明暗暗，惟时何为？阴阳三合，何本何化？"以激切的语气叩问宇宙所以开创、存在的问题，由此开启全篇抒愤的文字。也因作者处在时空迁化的长流中，敏锐地体受着这两大经纬加诸人生的种种感触吧！这些因时空而起的情怀，在各篇楚辞中皆可访寻得到。《离骚》、《九章》中尤多直接的陈述，如"恐年岁之不吾与"、"恐美人之迟暮"，是时光仓皇中志业未竟的心情。《惜诵》谓"设张辟以娱君兮，愿侧身而无所。欲儃佪以干傺兮，恐重患而离尤"，是天地虽大而无处安身的心情。《抽思》谓"望孟夏之短夜兮，何晦明之若岁？惟郢路之辽远兮，魂一夕而九逝"，秋夜忧不能寐，所以期望孟夏短夜，容易黎明，又思念家国，心魂不辞千里再三往返归寻，是明知不能而又无法抑止地想去改变现实时空的心情。《远游》谓"惟天地之无穷兮，哀人生之长勤，往者吾弗及兮，来者吾不闻”，则是严冷地体认到在广宇长宙中，自身只是一段有限的时空中一位匆促过往的旅人，抑留不到过去与未来，也攀缘不到身外辽阔的世界，唯一能抚触与掌握的，也就是此时此地此身了。这种由宇宙的流离感回归到自我的珍惜与担当的心境，也促使屈原以无比执着庄严的心态来处理自己的生命，而有限的生命也因这份执着庄严，得在无限的时空中驻留下永恒的光华。

宋玉《九辩》的主题大抵承续屈原，也是写“专思君兮不可化，君不知兮可奈何”的挫折中个人生命的感受与取择。“骥不骤进而求服兮，凤亦不贪喂而妄食”，其执持的原则仍悬为一盏明亮灯火，照见自我美好而寂寞的身姿。但他未借由神话开展追寻途程，也未将自我投入大起大伏中去冲荡翻腾，最大的特色乃在于对所置身的秋气肃杀的时空的掌握。

> 悲哉秋之为气也！萧瑟兮草木摇落而变衰，憭栗兮若在远行，登山临水兮送将归，泬寥兮天高而气清，寂廖兮收潦而水清，憯悽增欷兮，薄寒之中人，怆怳懭悢兮，去故而就新……时亹亹而过中兮，蹇淹留而无成！

时岁的脚步仓促催人，秋季的肃杀便也形成一股深入人心的悲凉，冰冷地照见个人在时空长流里独自泅渡的无依，掌握不到流逝的时间，也执留不得漂泊的路途，呈现一片感伤情调，幽怨而低迷。

四

惊采绝艳的悲辞

《文心雕龙·辨骚篇》评楚辞各篇曰：

> 《骚经》、《九章》，朗丽以哀志；《九歌》、《九辩》，绮靡以伤情；《远游》、《天问》，瑰诡而惠巧；《招魂》、《大招》，耀艳而深华；《卜居》标放言之致；《渔父》寄独往之才。故能气往轹古，辞来切今，惊采绝艳，难与并能矣。

屈原所以惊服后世，除了本身生命的深浚挺拔，也因其诗歌文字能恰切地承负这份生命力，作为传达的媒介，百世之下令人为其丽辞哀志而惊艳兴发。

楚辞塑造意象，使用素材的范畴极为宽广，繁富的品类也是造成作品弘丽的原因。这些素材包括植物（兰蕙、萧艾等）、动物（龙马、凤雀等）、人物（女媭、渔父等）、器用（规矩、绳墨等）、自然现象（风、云、霜、露等）、神话历史（望舒、羲和等），经过作者的精心安排，出现在各自相宜的场景，成为各种感官可以接收的意象。如坠露落英可以餐饮，芬芳腥臊可以嗅知，鸟鸣兽号可以听闻，芳草美木可以攀倚，种种潇湘景物都是视觉可以挹揽的对象，加上各种感官可以默契旁通，种种纷华景象，无论香味、颜色、声音，都可遥相呼应，交错人心，鲜明而生动地传达作者的意念情感。

屈原作品中种种意象塑造的最大目的，在作为隐喻与象征。在其观照下，外物不再止于本然物性的存在，以其本身的美妙打动心灵，而是作为他内在情感投射的对象，透过感官，将材料本身的内在个性发挥出来，产生新意念，使意念与物合一，物则成为传达内心信息的桥梁。王逸《楚辞章句》即云：

> 《离骚》之文，依《诗》取兴，引类譬喻。故善鸟香草以配忠贞，恶禽臭物以比谗佞；灵修美人以媲于君，宓妃佚女以譬贤臣；虬龙鸾凤以托君子，飘风云霓以为小人。

这种譬喻关系不必过于拘泥，却是楚辞中普存的特色。它通常可以找出喻体（所要说明的事物主体）与喻旨；象征则较复杂，透过意象的媒介，传达某种抽象的观念或精神经验，而难以确切指明二者间必然的对应关系。屈原追寻理想情境属于内在抽象的活动，《离骚》中以神话世界的游历奔波来象征这份追寻（详见前文）。而他狷洁德行的修持，则借由饮木兰之坠露、餐秋菊之落英，与保持衣冠佩饰的整齐洁净作为象征。此外，诸多历史事件中君臣相得与相失的举证，也可视为他政治理想的希望与幻灭的象征。这些隐喻与象征的使用，将直接的陈述控诉转为间接的表现，而有了一层迂回的美感与润泽，也是屈原怀抱激切的情志却能表现为“优游婉顺”（王逸评语）的文字风格的原因。

就在这样一份回荡的余裕里，楚辞展示了极其辽阔的想象领域：上入帝宫，下访幽都，东发大壑，西薄崦嵫，南逢炎火，北极层冰。奔腾飞跃的想象在阴阳六合中穿幽入仄，作无穷的遨游，发为文字，也就洸洋诡奇。《离骚》中的神话世界游历如此，其他篇章中也每见惊心骇目的文字，如：

广开兮天门，纷吾乘兮玄云。令飘风兮先驱，使涷雨兮洒尘……高飞兮安翔，乘清气兮御阴阳。（《大司命》）

上高岩之峭岸兮，处雌霓之标颠。据青冥而摅虹兮，遂倏忽而扪天。（《悲回风》）

相随于这份想象的纵态驰骋，作者的情感也有剧烈的开阖起落。《离骚》中，当驾驭鸾凤、驱遣风雷，乘越过纷总的云霓相迎的行列，去敲叩天门、令帝阍开门之际，逸兴何等遄飞，豪情何等风发！可是守门之阍不肯开，反而倚门睥睨，冷眼相拒，此一回拒便打落先前豪兴，而由天际落回人世，面对它的暧昧溷浊而独自徘徊了。下文一再奋起，抑扬跌宕，直至篇末，再一度高驰天道，直上仙境，却陡然坠落在临睨旧乡的眷顾上，明朗的心境跌入愁惨窘迫的绝境，遂有“已矣哉，国无人莫我知兮，又何怀乎故都？既莫足与为美政兮，吾将从彭咸之所居”的自决啊。在豪兴与伤情之间，尚摇荡着种种回环细腻的情感，如“心犹豫而狐疑兮，欲自适而不可”（《离骚》）的徘徊，“愿径逝而未得兮，魂识路之营营”（《抽思》）的仓皇，“心不同兮媒劳，恩不甚兮轻绝”（《湘君》）的幽怨，“满堂兮美人，忽独与余兮目成”（《山鬼》）的喜悦等，它们共同谱就了楚辞繁富起伏的旋律，所谓的朗丽、绮靡、瑰诡、耀艳……莫不匀称地调和其中，以丰富的声情，咏叹着潇湘泽畔千古不散的情愁。

▲ | ▪ 马王堆帛画

汉初楚地作品，保留着战国以来楚文化的传统。画面上端从日月到天阙，表天上境界；中段从华盖式屋顶以下是人间生活环境；再下便是地下幽都了。此一空间体认与楚辞篇章中之空间描写正可相参，其画面内容亦与楚辞中神话故事有所联系。

▲ | ▪ 天上境界

▲ | ▪ 地下幽都

▲ | ▪ 列鼎而食（墓主生前之生活场面）

《楚辞·招魂》曰："稻粢穱麦，挐黄梁些……粔籹蜜饵，有怅餭些……瑶浆蜜勺，实羽觞些……华酌既陈，有琼浆些。"

▲ ▪ 月亮、嫦娥、蟾蜍、玉兔

《楚辞·天问》曰："夜光何德，死则又育？厥利维何，而顾兔在腹？"

▲ ▪ 九日、金乌

《楚辞·天问》曰："羿焉彃日？乌焉解羽？"《楚辞·远游》曰："朝濯发于汤谷兮，夕晞余身兮九阳。"

▲ ▪ 人间生活环境

墓主肖像及其生活环境。

▲ | ◆ 汉 ● 歌舞杂技 ■ 四川出土·画像砖

游猎之后，置酒张乐，钟鼓齐奏，歌舞缤纷，都是汉赋呈现的大帝国狂欢景象。

第三章

帝国辞臣的讽颂——汉赋

小引

繁华事散的寂寞

▲ | ◆ 汉 ● 弋猎收获 ■ 四川出土 · 画像砖

炽热的阳光煌煌投向大地，投向山谷间浩荡的行伍。羽仪队以整齐的仗阵在前导路，屯骑校尉、步兵校尉、射声校尉、虎贲校尉，各率其士卒护拥于四周。五乘导车、九乘游车分列前后，在马步安稳中洋洋前进。最触目的是那居中的车舆了，镶饰着巨大的象牙，驾驭着矫健的六马，曳着似虹霓的旒，飘着如云霞的旗。精壮的御卫庄矜地按剑执辔，展现他的勇力，而舆驾四周描金的龙纹反映着晴阳，也愈加灵活威动起来。这阳光、山河、大地、行伍，乃至每一士卒的挺拔与自豪，都归属于那车舆上从容中坐、顾盼自如的帝王。而后一声令下，鼓声密击，校猎的行动于焉展开。部曲分途，烟尘漫起，车骑奔腾之声似雷，鸟兽飞驰之势如电。剽捷的将士们一挺弓矛，便手执熊罴、足踏豺狼、弋射鹓鸰、捕获凤凰，凶猛特异的禽兽，一一出现在大汉帝国的江山。蜚廉、獬豸、虾蛤、猛氏、騕褭、封豕、玄鹤、孔鸾、鵕鸃、翳鸟、焦明、鹍雉，也莫不应矢而仆、被刃而靡，人的勇力于此战胜了大地原始的鸟兽与秩序。于是大军回车，踌躇满志，悠闲地检视这片奔跃过后静寂的大地，填坑满谷、掩平弥泽的，尽是校猎收获的成绩。旗鼓依然安整，行伍依然有序，山河依然壮阔，阳光依然亮丽，帝王的威富在校猎的狂欢中推证至极。而一声叹息却幽幽自起，那饱览将士之勇猛与大地之富饶的帝王，茫然而思，似若有亡，品尝着繁华背后的空虚与欢乐过后的寂寞。

汉代士人如是透过赋篇，一方面颂赞着大汉帝国鼎盛的国力，一方面讽谏着纵志激情的必然消歇。

两汉为中国历史上之一大转变契机，结束先秦离析的局面，统一天下，完成布衣英雄的无上事功，而后制定礼仪刑律，确立专制政体，罢黜诸子百家，高标儒家道统，为中国历史开创新局奠立基础。两汉辞赋相应于统一恢宏的历史格局，而有其深玮弘丽的风格展现，实与汉帝国声息沟通，与两汉士人血脉交流，呈显一代人文特色。

写物与言志两大性质相互结合，完成“赋”的体类，在早期的屈骚（可纳于广义赋体）、荀赋中，“贤人失志”的情怀超越写物兴味，作赋动机依托于士人面对世局所涌生的挫折感与执持理想所激发的批评精神，写物性质要在言志路线上完成其成绩。及至两汉，部分作品承续楚骚以言志为主髓的精神，表达士子的挫折感与批判力，形成一系列失志之赋；另一部分作品则因写物性质在文人才力下获得发挥，言志落为第二重目的，而以追寻文辞成就、表现才知深美为主要动机，形成第二系列的体物赋作。前者如贾谊《鹏鸟赋》、司马相如《哀秦二世赋》、董仲舒《士不遇赋》、司马迁《悲士不遇赋》，及刘向编辑的《楚辞》十六卷中的作品；后者如梁孝王集游士所作的咏物赋，司马相如《子虚》、《上林》，扬雄《甘泉》、《羽猎》，班固《两都》，张衡《二京》等京都、游猎大赋。两系赋作同时绵跨两汉，于赋家创作意愿下呈现不同风貌，却也共同寄寓两汉士人严密潜裹的心灵动态与才智。

中国古代士人不以追寻客观知识为职志，自幼接受“乐正崇四术，立四教，顺先王《诗》、《书》、《礼》、《乐》以造士”（《礼记·王制》）的教育，以人文素养为表征。而此人文素养的价值，在于作为参与政治教化的凭据。《大学》中提出的内圣外王的功夫系统——格物、致知、诚意、正心、修身、齐家、治国、平天下——正是士人的理想职志。修身之后，期望参与经世济民的工作，政治是最有力的途径。而通过政治要求文化的合理展现与完成，又是一件艰难的事，二者常陷入相互对峙的矛盾中。两汉承秦，建立一人专制的政体，中国政治自此确立帝王严酷的威严。汉高帝洋洋自得：“居马

▶ 汉 · 狩猎 · 通沟壁画

左弋飞鸟，右逐虎豹，勇士们在奔腾中品尝胜利的酣畅和丰收的喜悦。

上而得之，安事诗书！”正明白道尽文化与政治原始性格的差异。政权的主要后盾是武力，与诗书所代表的文化有何关系？固然陆贾以“宁可以马上治之乎？”反驳（事见《史记·陆贾列传》），以诗书治国、将文化与政治作一融合的想望似乎得着理论上的胜利，然而二者的原始摩擦仍然存在，绵延两汉而不止息。加上两汉上承先秦，先秦世局虽然纷乱，而人文精神却有极度发展，诸子百家得以自由活动，并强调种种理想，和汉代专制政治正是鲜明对照。因此，两汉士人益发体认政治和人文的冲突，产生深沉的压力感，流露在行为言论之中。

汉赋的论题主旨即全然环拥着政治，固然其他时代的各种文体中，政治也是主题之一，但不像汉赋专限于此。士人的政治地位、君臣关系、政教理想的展现等考虑，始终是赋家心志主体。赋的哀曲，无论基调、倒影、逆行、变奏，皆以政治为主音，任随它如何纵横开展，也必时时回扣于此。

一

士不遇的悲怅

理想与现实不相应的不遇悲感，为怀有文化理想的士人所共有。孔孟莫非不遇，然而他们等待“善贾”的热切情怀与建构理想的积极行为，使之能超拔于一己伤情之外，仍高标尧舜仁政的典型。这是哲人的不遇，文人不遇则是另一种孤绝风姿。屈原“已矣哉，国无人莫我知兮”（《离骚》）的沉痛经验，凝塑出士不遇的典型形象。汉代虽然确立了儒家的一统地位，武帝后的赋家尤多学术界领袖，但赋篇中文人气质远超过儒士气象，赋中士不遇的基本情调流衍自屈原的伤情，而非孔孟“知其不可而为之”的壮怀。

屈原追求完满、九死不悔的人文心灵，与朗丽哀志的文章，深深震撼后世士人，赋篇中每见屈子幻影。据王逸《楚辞章句》所说，楚辞一系作品，如贾谊《惜誓》、庄忌《哀时命》、东方朔《七谏》、王褒《九怀》、刘向《九叹》、王逸《九思》，皆为哀悯屈原而作，纵使不视为汉人自我言志的作品，然对

汉・黄釉博山炉

屈子心志的体会，实即反映出个人面对不遇的情境所涌生的回应与解释。而萌生自低抑伤情的时命观念，正是他们对屈原事件的解说，也是对自身遭遇的解说。《离骚》已有“穷困乎此时”的感慨，汉人更视为根源问题，在对生命过程的反省中，时命成为屡屡出现的要角。

> 黄鹄后时而寄处兮，鸱枭群而制之。神龙失水而陆居兮，为蝼蚁之所裁。夫黄鹄、神龙犹如此兮，况贤者之逢乱世哉！（贾谊《惜誓》）
>
> 哀时命之不合兮，伤楚国之多忧。内怀清之洁白兮，遭乱世而离尤。恶耿介之直行兮，世溷浊而不知。（东方朔《七谏》）
>
> 哀时命之不及古人兮，夫何予生之不遘时！往者不可扳援兮，徕者不可与期。（庄忌《哀时命》）

生不遘时、后时失水、遭逢乱世等“时”的考虑，都是对制于鸱枭、裁于蝼蚁、蒙毒逢尤的“命”的解释。而这不能改变于前、期望于未来的当前时遇，又为命分所定，无可移易。挣扎于巍巍时命之下，个人理想心志判定受挫的境遇，个人抗争皆成挥霍，而此心不能已，生命也在无尽挥霍中领受绝对失败的无奈。

源于对毫无效益、挥霍生命的不忍，而有另一系悼《骚》、反《骚》作品产生，既慨叹“呜呼哀哉，逢时不祥”，又提出其他回应方式以为建议——不得时则潜藏远游，勿与时争，贾谊《吊屈原赋》、扬雄《反〈离骚〉》、班彪《悼〈离骚〉》均属此类。《反〈离骚〉》的序中明白说明了此类作品的创作动机：

(雄)怪原文过相如，至不容，作《离骚》，自投江而死。悲其文，读之未尝不流涕也。以为君子得时则大行，不得时则龙蛇，遇不遇命也，何必湛身哉?

一已既不能扭转时世，那就避免落入命运的陷阱中吧！时命不遇，便学凤凰高举、龙蛇潜藏，自在逍遥吧！但这建议毕竟与屈原的生命情调判然不合，湛身于汨罗是他的必然归宿，汉人并非不知。所以反《骚》，在于“读之未尝不流涕也”，在于对此不遇悲情的极度不忍。

汉人通过屈原的形象，把握士不遇的情怀，兼有吊古与抒怀双重用意。此外，汉人亦多直接咏怀之作，写自我的不遇，也有类似表现，如董仲舒《士不遇赋》：

呜呼嗟乎，遐哉邈矣。时来曷迟，去之速矣。屈意从人，非吾徒矣。正身俟时，将就木矣。悠悠偕时，岂能觉矣……生不丁三代之盛隆兮，而丁三季之末俗。

既是个人的不遇，也是所有耿介士人共同的不遇。三代盛隆，三季末俗，非止加诸个人的特殊背景，而是时运轮转中提供于群辈的普遍时况。固然末俗之众“以辩诈而期通”，然“贞士以耿介而自束”，董生冷眼旁观，热心待时，不遇的悲感由盛隆与末俗、辩诈与耿介的对照中逼现而出。贾谊《鹏鸟赋》、司马迁《悲士不遇赋》、刘歆《遂初赋》、冯衍《显志赋》等都洋溢着不遇的伤怀。

理想的建构有待外缘成就，非我独力所能主宰。时命不当的情势下，不能兼善天下，那么独善其身、维护一己天地的清明应被允许。体认渺沧海之一粟的冷刻事实，运用余力安顿自我，避免更多伤害，而又能不向非理性势力低头，将种种不合理现象摒除于视听思虑之外，不使干扰自我德性，赋家将这种人生智慧称为“道”。老聃贵玄，孔子知命，彭祖养寿，以及庄子的真人、至人境界，都是从容履道的典型。赋篇中一再流露向慕追随的心愿，期望自己也能悟道自适。如贾谊《鹏鸟赋》所云：

> 释智遗形兮，超然自丧；寥廓忽荒兮，与道翱翔。乘流则逝兮，得坻则止；纵躯委命兮，不私与己。其生兮若浮，其死兮若休；澹乎若深渊之静，泛乎若不系之舟。

儒家“用之则行，舍之则藏”，主要关怀道是否得到推展。道果行则积极参与，道果不行则安然卷怀，既不以个人得失为第一考虑，从容知命中，有大道未行的忧患不忍，而个人的挫折摧伤退居其次，甚至可以廓然释怀。庄子通透达观，不拘一隅，不忍芸芸众生的执着茫昧，而通过一切性情与命运的缺憾，开展无用之大用的逍遥鹏飞世界。如此，用不用的时命主权不在他方，而在我能否消解成心、超拔物外，以避免不遇的伤苦。赋家所把握的时命，失却儒、道以自我为枢纽的体认，在不遇的挫折中，受伤已深，无力扭转，只有投入时世长流中逐波流转；随波委命之际，向往儒、道情境，只恨不能到达。也因这不能至，赋家终究未通达为哲人，而是沉伤悲凉的文士，士不遇的悲歌也就绵亘两汉而不绝。

二

君臣关系的省思

先秦主上威势腾驾群臣之上已是自然现象，然尚未凝定为必然结构，在士人的适度努力下，道尊于势仍是可以缔造的局面。而一旦成为冷硬的模式，士人一切努力已先写定必然受制于势的命运，则主上威势便对士人心灵具有相当摧抑之力。两汉士人活动于此冷凝结构之下，接受人主威势的无限摧抑，深刻感受专制政体的压力，自然唤起他们对君臣关系的检讨，并期望有改善的一天。

汉文帝时，贾山于《至言》中明白指出君主威势加之于士臣的绝对压力："雷霆之所击，无不摧折者；万钧之所压，无不糜灭者。今人主之威，非特雷霆也；势重，非特万钧也。"这是反省君臣关系的激痛言辞。而更多士人不敢直接表露于策问议对，而将此一严肃课题寄寓于辞赋。

君臣之间实质关系的建立，有赖于彼此沟通，而言谈议论、策问奏疏是最直接的沟通方式；检讨君臣关系，实可从君臣沟通桥梁之亨畅或塞绝见其迹象。东方朔在《非有先生论》中假设吴王与非有先生的问答，以“谈何容易”为主题，通过“谈”（沟通桥梁）的各种情况，检讨君臣关系，有较客观完整的分析，很能笼罩多数赋篇涉及此一问题的论点与心境。文中首先分辨谈有二类，或“悖于目、拂于耳、谬于心而便于身”，或“说于目、顺于耳、快于心而毁于行”，二者即人世正道与邪曲二股互相激荡之力，尊重自我的士人不能不辨，慕道的明主尤不能不辨。“谈何容易”的主题即扣紧正道开展，讨论正道之臣在君主威势下申展正道的三种情况，蕴含无限委屈。第一种情况为暗主逞其权威，士臣谈则招厄：

昔者关龙逢深谏于桀，而王子比干直言于纣，此二臣者，皆极虑尽忠，闵王泽不下流，而万民骚动，故直言其失，切谏其邪者，将以为君之荣，除主之祸也。今则不然，反以为诽谤君之行，无人臣之礼，果纷然伤于身，蒙不辜之名，戮及先人，为天下笑。

君恩未溥，生民不宁，士人直言切谏，乃义理之所当然，但这份公义毕竟不能与君威抗衡，当诽谤、无礼的罪名加身，演成敌对之势，士臣遂难免于摧折、糜灭的命运。第二种情况是士臣鉴于前例，既不可严肃直谏，又不愿做谗佞小人，只有退养寿命了：

卑身贱体，说色微辞，愉愉呴呴，终无益于主上之治，即志士仁人不忍为也。将俨然作矜庄之色，深言直谏，上以拂人主之邪，下以损百姓之害，则忤于邪主之心，历于衰世之法。故养寿命之士莫肯进也，遂居深山之间，积土为室，编蓬为户，弹琴其中，以咏先王之风，亦可以乐而忘死矣。是以伯夷、叔齐避周，饿于首阳之下，后世称其仁。如是，邪主之行，固足畏也……接舆避世，箕子被发阳狂，此二人者，皆避浊世以全其身者也。

暗主邪臣交欢苟容，也是一种客观的君臣形态，但其间毫无忠义公理，难以取得忠臣主观心灵的首肯，而直言不悟、徒然牺牲也不值得，于是避世全身是另一回应方式。退居深山的原始动机，非起于自然山水的召唤，而在避世全身、觅求安栖，后来才识隐逸之乐，这是汉人隐居的体会与表现。第三种君臣关系，也是较可安慰的，则如太公、伊尹委曲干主，果逢明君，而能发挥才智，以成事功：

> 伊尹蒙耻辱，负鼎俎，和五味以干汤；太公钓于渭之阳，以见文王。心合意同，谋无不成，计无不从，诚得其君也……于是裂地定封，爵为公侯，传国子孙，名显后世，民到于今称之，以遇汤与文王也。

心同意合为君王交契极致，臣尽抒其忠，君善纳其谋，共同推行仁政，使生民万物各得安顿，帝室因而昌隆，士臣也长享人爵。这一理想境遇虽不常见，但士人并不放弃希望，所以东方朔安排如下结局："吴王穆然，俛而深惟，仰而泣下交颐"，动心发愤，剑及履及，施政三年而"海内晏然，天下大治"；最后归引于"存亡之端，若此易见，而君人者莫肯为也"的痛切质疑。

后汉士人随着时日消逝，对专制政权让步、适应后，承认汉帝国为太平之世，汉帝王为圣主明君，关键所在更承认自我处境为合理归宿，而非不遇，第四种君臣关系于是产生。在他们的反省中，这种关系是汉代所独有，迥异于前述三型。班固的《答宾戏》已开启这一说法，崔骃在《达旨》中的分析尤为明确：

> 与其有事，则褰裳濡足，冠挂不顾。人溺不拯，则非仁也。当其无事，则躧缨整襟，规矩其步。德让不修，则非忠也。是以险则救俗，平则守礼，举以公心，不私其体。

今圣上之育斯人也……家家有以乐和，人人有以自优……故进动以道，则不辞执珪而秉柱国；复静以理，则甘糟糠而安藜藿。

崔氏以为，君臣关系得着妥切安顿有两种类型。一为有事之秋，上下相求，主明臣忠，政行功成，即上文第三种情形。一为无事之时，群生得理，智虑可废，君子修让守礼，甘糟糠而安藜藿，即是忠臣之道，不必见知于君、施展雄才，上下不相交契而可无憾。这第四种君臣关系出自汉人极其理性的省察，然而理智认知如此，情感上果然也就平静无憾吗？这恐怕是他们也无法笃定回答的问题。

赋家将君臣关系静态化、原则化而得上述四型，而事实恒较类型复杂。人所存在的时空流转不定，人心意念也瞬息万化，人事因缘尤聚散无凭，以不定之人，处流转之世，应善变之事，则非类型所能穷尽其貌。君臣在善变的人间，也有一份吊诡，为赋家所访见。如班固《幽通赋》云：

昔卫叔之御昆兮，昆为寇而丧予。管弯弧欲毙雠兮，雠作后而成己。变化故而相诡兮，孰云预其终始。

寇仇与君臣身份的变化，功过与赏罚间的舛谬，吉凶忧喜的倚伏，都诡异难料，主上威势之下，士臣唯有“恐惧敬事”、“战战栗栗”（刘向《戒子歆书》），而仍难保必免于祸。士臣的进退用否，甚至性命安危，虽然每每不能自主，重臣遭遇却也每每影响君国命运，君臣关系益加纠缠复杂。刘歆推究周室衰微，司马相如检讨秦世灭亡，扬雄、梁竦列举古今实例，肯定君臣关系与国运兴衰的必然相关。君臣相得则昌，相失则亡，那么君主驰骋威势，受伤的岂止臣民，还有家国荣兴的生机啊！赋家如此迂回婉转地讨论君臣关系，感叹之外，兼以讽论君国，有无尽悲愿流荡其间。

三

浮华时风的忧患

“夫京殿苑猎，述行序志，并体国经野，义尚光大。”（《文心雕龙·诠赋》）刘勰把握汉赋的基本精神，扣紧它与帝国沟通的信息，故能探得神貌。汉代一统天下，休养生息，确曾缔造繁华的帝国气象。赋家躬逢其盛，心与目驰，笔亦相随，在赋篇中为汉家盛况留下一二梦痕，既是欣足于当前的英雄世界，也为驰骋自我写物图貌的辞章能力。而时代有憾，任何伟大心灵走出自我，投入时代脉流，接受血胤洗礼，除却掌握现象加以反映外，也因求备的深情，访见内在的缺憾，而涌发不忍的悲情。赋家即是如此，他们对英雄事功的赞叹，与其中有憾焉的感慨相互结合，造成迥异于他代文学的作品。第二系赋作尤见特色，于诸侯帝王苑猎京都的盛美中，翻跌出未全的余憾，归引向求全的讽喻。赋家对时代的关怀，是一种冷凝后的忧患。

▲ | ◆ 汉 ● 壁画 ■ 贵人乘驾图

《上林赋》曰："扈从横行，出乎四校之中……车骑雷起，殷天动地……"可见当时帝王游猎盛况之一斑。

司马相如《上林赋》、《子虚赋》，扬雄《甘泉赋》、《羽猎赋》等写诸侯帝王之游戏苑猎，张衡《二京赋》、班固《两都赋》等写京都形势，乃至政教建设，都由事类形势的铺陈，表现华丽巨侈的质量，充分显示帝国气象。但华丽的极致每见荒凉，巨侈背后每是虚幻，赋家驰逐于上述帝国活动中，冷然照见其间缺憾，一如《上林赋》所云：

> 若夫终日暴露驰骋，劳神苦形，罢车马之用，抗士卒之精，费府库之财，而无德厚之恩，务在独乐，不顾众庶，忘国家之政，而

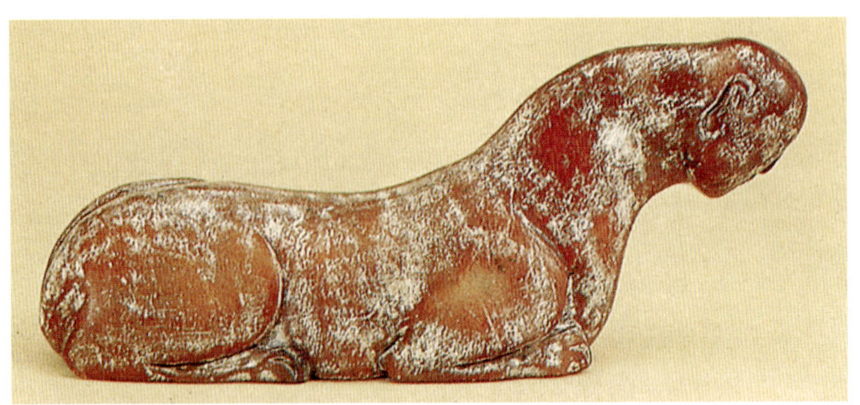

▲ | ◆ 汉 ■ 西王母玉雕

《山海经》描写昆仑之丘有西王母，其状如人，豹尾虎齿而善啸，蓬发戴胜，为典型的介于人、神、兽之间的神话人物。

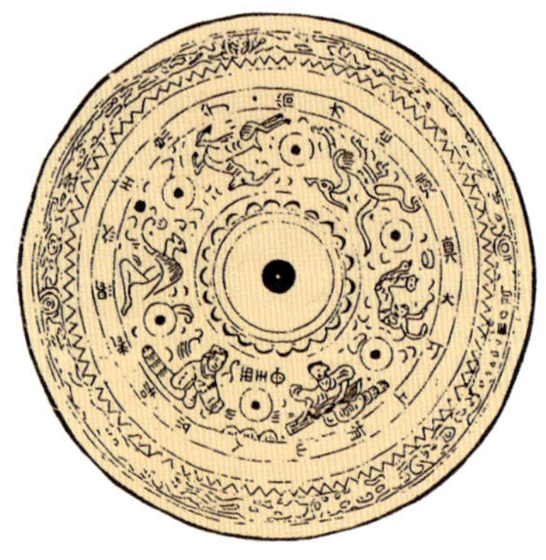

▲ | ◆ 汉 ■ 西王母镜

▲ | ◆ 汉 ■ 西王母画像镜细部

贪雉兔之获，则仁者不繇也。

如果人力无限，则终日驰骋、极欢穷宠，可以是一首万音齐和、愈演愈奋的狂想曲，将纷华的景象、高昂的意气推向无穷尽的高潮。然而弦紧则音苦，音苦则意悲，而继之以断裂。人毕竟是有限的个体，驰骋太奢则民劳苦而物虚损，圣王所不忍为，且心悲怨生，易起叛意，也是明君所应戒慎避免，所以各赋终归讽谏。

“亢龙有悔，盈不可久”（《易经·乾卦》）为必然的规则，人间英雄的风发意气，在天道面前只是一声无奈的叹息而已。唯有顺乎天、应乎人，与道消息的圣帝哲王，方能从容优游，兴治天下。伟大的赋家在英雄赞叹后，察见缺憾，必然提出圣哲教化的理想政治，作为汉家归宿，唯有将外驰不已的激情，安顿于理性的内敛运作中，汉家才能恢宏而久远。

……游于六艺之囿，驰骛乎仁义之涂……修容乎礼园，翱翔乎书圃，述《易》道，放怪兽，登明堂，坐清庙，次群臣，奏得失，四海之内，靡不受获。于斯之时，天下大说，乡风而听，随流而化，芔然兴道而迁义，刑错而不用，德隆于三王，而功羡于五帝。

由激情外放返于理性内敛，由豪奢华彩回向节俭太素，赋家所一致描绘的理想政教，大都强调去奢返俭、背伪归真的风尚转移，以及修习六艺，沉浸道德的人文精神。《上林赋》是典型代表。他们不是人文精神的始倡者，也不一定能精确描绘出理想人文世界的蓝图，但能贴切把握英雄气质，顺应意兴起伏，自然引进人文精神，栖止于英雄生命中，所以化解忧患外，依然有风发的意气、驰骋的豪兴。

汉诗中如“浩浩阴阳移，年命如朝露。人生忽如寄，寿无金石固”等，

宣統御覽之寶

约作于战国时期的《穆天子传》中，西王母已成为一位雍容华丽、充满人间感情的女神，也以此形象为后世文人画士所咏叹。唯司马相如《大人赋》故意写道："吾乃今目睹西王母皬然白首，戴胜而穴处兮，亦幸有三足乌为之使。"呈现一位孤独年迈的白发老妪的形象。

对时序推移、生命存幻涌发痛切的悲情；赋篇则少以单纯的生死悲情为主题，部分涉及生死问题的篇章，所表现的情味也异于古诗的悲痛，而为冷隽的反讽，逼显求仙通神的乖谬，指向人间生死终究不可遁逃。司马相如的《大人赋》，表面上写大人之仙、娱游之盛，仙灵之最西王母却无能超越时岁衰晚的形象，须借三足乌与外界沟通，从而指出"必长生若此而不死兮，虽济万世不足以喜"。扬雄《甘泉赋》写将以郊祠通神的人为努力，宫殿飞阁崔巍入天，"开天庭兮延群神"，但这样是否便沟通了人神世界？结果是"犹仿佛其若梦"——仙人对宫观的陌生，也是人间与仙界的陌生。一旦仙人认同宫观馆台，它们也就失去了平宁可亲的人间性，变得"非吾人之所宁"。班固在《西都赋》中冷冷指出，求仙的帝王既已先具人的身份，即已写定不能从容游居其间的结局。张衡的《西京赋》更就人间两项矛盾作为，对照出本身的荒谬虚假："若历世而长存，何遽营乎陵墓？"若肯定神仙可成，历世长存，则先修陵墓何其愚昧荒谬！若修墓有其实用性，则期求长生只是虚幻的贪求而已！这些文字避开衰暮悲情，先预设列仙存在的可能，将焦点投注在神仙世界或追寻过程，然后透过诘问反讽语气，点明上述境界或历程的乖谬不全，并非人的安顿处所，人终须落回生死轮转中，去感知生命脉息的奔流与停顿。

赋篇中对时代风气的批判，另一环节为对“贤不肖何以异哉”的价值混同的忧虑。病源起自朝廷，风行草偃，渐成沉疴。东方朔《答客难》云：“贤不肖何以异哉！”扬雄《解嘲》云：“世乱则圣哲驰骛而不足，世治则庸夫高枕而有余。”字面上承认帝国平治，贤与不肖价值无异，任事成果相同。君主不再辨明贤与不肖之分界，又不能建出另一套价值系统，任用无所依据，全凭主上好恶，如《答客难》所云：

绥之则安，动之则苦；尊之则为将，卑之则为虏；抗之则在青云之上，抑之则在深泉之下；用之则为虎，不用则为鼠。

客观地位与本体价值不相应称，社会价值取向遂被引向浮浅的功利追求，欠缺本质的反省。东汉赋家张衡、蔡邕、赵壹对如此世风最为愤切。赵壹《刺世疾邪赋》云：

于兹迄今，情伪万方。佞谄日炽，刚克消亡。舐痔结驷，正色徒行。妪㛂名执，抚拍豪强。偃蹇反俗，立致咎殃……邪夫显进，直士幽藏……孰知辨其蚩妍？故法禁屈挠于执族，恩泽不逮于单门。

少数直士不足以抗衡时俗，“河清不可俟，人命不可延”，赵壹痛切指责黑暗后，又沉痛宣告个人努力的必然失败。赋家反省时代风气与帝国活动，多以理性代替激情，在篇中留下冷隽的讽论，让读者自行披省。但这讽喻之意每易被人忽略，所以武帝读《大人赋》而“飘飘然有陵云气游天地之闲意”，扬雄也忧虑赋“不免于劝也”，这也影响了后人对汉赋的评价。东汉末年赋家转为直接指控，即是为了更明显地唤醒时人罢！

四

不遇情怀的调适

以不遇为憾恨的情怀，两汉上承楚骚而宣露怨思，以为未得其时，这是前述汉人对时命的第一重体认。然汉世政体迥异前代，其一统秩序与战国的分崩离析尤成鲜明对照，那么士臣不遇是否有理可说？有此一转，汉人遂开展出另一重时命体认，即时异事异。昔为乱世，上下相求，士得时而骋才，宜也；今逢圣帝明时，贤不肖无以异，士人沉滞不遇，亦其宜也。所逢之时如此，所得之命如此，自然合理，便可不必求用怨愤了。

东方朔《答客难》中首先提出“彼一时也，此一时也”的对比，来解说当代士人的遭遇。对比中，一则呈现战国涌动与汉室一统的不同局势，一则指明士人得以奋志逞才与无所措力的相殊时机。两段时期不只是历史先后关系，而且形成截然相殊的二重世界，其间士人活动获得截然相殊的评价与回报。文中假客提出质难，以战国涌动时局所给予人文活动的评价，责求汉代一统政局下的凝默士人；主人则为之分析对比战国、两汉的局势——时异，指出人文活动如影随形般扣合时势，亦成对比——事异。以战国人文评价责战国之士，以汉代评价责汉人，即可释疑，赋家既回答他人的责难，同时兼以自慰。此种对比情势，可图解如下：

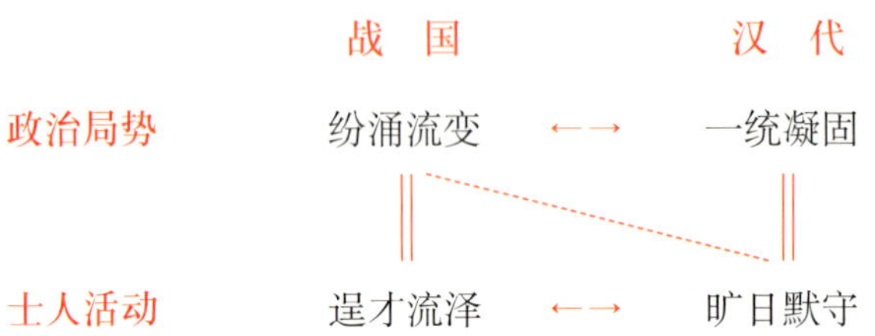

═══ 表示政治局势与士人活动的关系密切扣合，即时与事的必然相应。

←→ 表示战国与汉代形成鲜明的对比，即两代时、事的截然相异，不可类比。

------ 代表客所设难的基本意向，缩结汉代政局与战国士人活动。

文字的正面旨在描述由 ==== 与←→组成的构图，立出时异事异的坚实构架，据以反衬 ------ 意向的乖谬，亦即体认当前时命，觉知客的质难只是未识时命、一厢情愿的幻想。然而，怎知作者不从反面立意呢？时异事异是理性考察现实经验之所得，而存在是否便是合理？认知是否便能接受？“客”原无固定身份，怎知不是作者另一化身，针对冷凝实况而不能不提出质疑？主客的论争牵动士人内在心灵的隐痛。东方朔的《答客难》之后，扬雄的《解嘲》、班固的《答宾戏》、张衡的《应闲》、崔实的《答讥》、崔骃的《达旨》、蔡邕的《释诲》相继而起，都在时异事异的基本结构上开展。

东汉士人对一统专制政体的压力体认渐趋麻木，成为政权的默许者，因而在此政制时局下，人文活动的种种现象都被视为合理存在，能为之作合理化的说明，加以接受。赋篇中最足以显示此一心灵转折的是班固的《答宾戏》。班氏自云：

永平中为郎，典校秘书，专笃志于儒学，以著述为业。或讥以无功，又感东方朔、扬雄自喻以不遭苏、张、范、蔡之时，曾不折之以正道，明君子之所守。故聊复应焉。

所谓正道，即承认汉家一统之绝对权威，与其下人文活动的全然合理。君子所当守的，即依循正道，安抚自我情志。《答宾戏》沿用《答客难》、《解嘲》的基本架构，却不满意东方朔、扬雄的自喻，呈现出异于二人的心灵转折，极度贬抑战国士人的活动价值：

彼皆蹑风尘之会，履颠沛之势，据徼乘邪以求一日之富贵，朝为荣华，夕而焦瘁，福不盈眦，祸溢于世。凶人且以自悔，况吉士而是赖虖？

班固以为战国士人活动都非君子之法，人文活动的意义在“据徼乘邪”的罪名中消蚀不见，受到全盘否定，人文活动所蕴含的自由精神、蓬勃理想，都已成久远的记忆，不再叩响冷寂封闭的心扉。即使得“遭苏、张、范、蔡之时”，班氏也不“据徼乘邪”，参与士人活动了。赋中意尽于辞，不再衍生反讽之意，承认当前际遇的合理性，这也是肯定前云第四种君臣关系的心态。

然而，东汉士人与朝廷果能维持合理的疏离关系吗？历史真相并非理性所能纠引指导，社会充斥不合理现象，深切斫伤士人内心蜷伏的清明。他们所争执的，不再是个人应否悲怨不遇，而是君子与小人的取舍衡虑，这是《答宾戏》所未能疏解的问题。为君子则蹋天蹐地，恐有镇压之祸；运智诈则左右逢源，无往不利。仅以汉家一统、恩泽普施的时命观念，无

汉 牛耕图画像砖

法安抚君子困郁的心灵，于是道德气节被适时强调而出，取代西汉以来才智理想的用舍行藏，成为士人关怀的主题。冯衍《显志赋》、蔡邕《述行赋》、赵壹《刺世疾邪赋》等作品，于批判智诈虚浮的社会风气后，即以归依道德作为自处之道。而模拟《答客难》、《解嘲》、《答宾戏》而来的作品，在时异事异的架构上，遂开展出第三类意蕴：批判汉世士人活动，归依于有所不为的德行。崔实《答讥》、张衡《应闲》、蔡邕《释诲》皆属此类。他们通过战国、汉室时局的对比，以及人事的对比，肯定战国士人鼋鸣鳖应、戮力建策的价值，反观汉人趋偶为幸、冒愧逞愿的表现，有如刻舟求剑，毫无意义，且是德行上的极度亏损。在作者的观察中，汉世士人活动不再为理想志意的实践，而是追求私人荣利的行为；假客设问的言辞，也不再是高标理想的意愿，而是想要成就功名的现实诱惑。因此，士人活动得到贬抑、负面的评价，但不同于班固那样用以承认专制政体的合理存在，而是借以归引至有所不为的德行操守，作为个人归宿。在道德的烈焰中，一切作为可焚烧净尽、灰飞烟灭，只余下清静无为的心魂，优游于自然天地。张衡《归田赋》中的归隐意愿，要从此处体会，而非起自自然山川本色的诱召。

五

包揽宇宙的赋心

汉代承继先秦的文学成绩，而进入有意为文的阶段，对于作为创作媒体的文字给予了莫大关怀，无论字词、章句，还是篇法，赋家都费心斟酌，以作适当安顿。《西京杂记》记载：“司马相如为《上林》、《子虚》赋，意思萧散，不复与外事相关，控引天地，错综古今，忽然如睡，焕然而兴，几百日而后成。”这是赋家身与文合、全然忘我的萧散境界。桓谭《新论·祛蔽篇》则说他学扬雄作赋，“用精思太剧，而立感动发病，弥日瘳”。扬雄苦思赋成之后，“遂困倦小卧，梦其五脏出在地，以手收而内之。及觉，病喘悸，大少气，病一岁”。赋家呕心沥血，以生命膏血灌溉赋篇，除了透露曲深的生命信息外，也在文辞上表现才力。中国文学传统以抒情诗为创作主流，独白式的观点抒写也成为抒情传统的主要表现方式。直至唐宋以降，小说、戏曲才渐次成熟、定型，在此之前，汉赋是中国最富叙事倾向的文学体类。其叙事倾向表现在对话方式与铺陈手法上，正是司马相如“赋家之心，苞（包）括宇宙，总揽人物”（《西京杂记》）所自觉到的特色呢！

第二系赋篇普遍使用问答体建立全篇结构，然后在对话中开展铺陈手法。枚乘《七发》、张衡《七辩》等“七体”以反复问答来敷陈故事，一问一答自成单元，上下单元间又借由答语相扣合，环环扣连，呈链状图形。《答客难》一系作品则是真正的问答，止于问与答的单纯形式。《两都赋》、《二京赋》假设人物问答，使各自陈述两都规模与精神，而后定其高下。东都主人由原本的谦让发展为篇末的自豪，西都宾则由踌躇自满转为后来的矍然失容，论辩前后情势迥异，二人正巧交换地位，呈钟漏式图形。而汉赋问答的典型尤应推《子虚赋》和《上林赋》，问答安排颇为匀称，能成颃颉之势，人物也各有面貌，各持己意相互辩难，直到篇末始获统一。子虚夸楚，乌有先生扬齐，亡是公叙说天子绩业，三方鼎立，一浪高过一浪，一峰特出一峰，波澜壮阔，群岳峥嵘，起伏回旋利用阶梯式的对话推进，展现雄辩家的姿态。这些问答形式，除却《答客难》一系乃作者以第一人称视角进行外，余多假设人物答辩，作者则居于全知全能的地位，总揽所有人物，使各依其立场，有各允其分的言辞与表现，而且常将多重自我分别投射在作品中的不同人物上，使各自呈现作者的部分真实面。这些表现也是小说创作常用的手法。

赋家重视完整的宇宙观念，作品中所写的事与物，不强调其单独存在于时空中的意义，而重视各种事物的彼此联结，呈现出完整统一的结构。所以铺咏史事，少以单一事件出现，或以时代先后并列，或以性质同异相联结，或以地理游历作线索，多数史事联结出现，作为咏怀的工具。至于空间题材的处理，观察外在天地形象，并作绘画性的描绘尤见特色。描绘

宋 · 牧 · 竹鹤图

空间的主要方式为事物品类与地理形式的铺陈。铺陈品类之际，赋家之眼视通万里，天下庶类俱在视界之内，山巅水涘，搜罗列举，巨细靡遗。铺陈形势之际，赋家立为天地间的巨人，超然旁观，上下四方，低昂间侧，在顾盼间，都能通透障碍，拥有完整的构图。所以说赋家能透视空间，经由深美的才智，转现于作品中。以荷为例，诗文中每着重于它的独特姿容与性质，用以象征人生。周敦颐《爱莲说》中的“中通外直”、“出淤泥而不染”，兼指荷容与君子的高洁。李商隐《暮秋独游曲江》中的“荷叶生时春恨生，荷叶枯时秋恨成”，则以荷的荣枯蕴蓄人生悲慨。在赋中，则如司马相如《上林赋》所写：

亭皋千里，靡不被筑。揜以绿蕙，揜被以江离，糅以蘼芜，杂以留夷，布结缕，攒戾莎，揭车衡兰，槀本射干，茈姜蘘荷，葴持若荪，鲜支黄砾，蒋芧青薠，布濩闳泽，延曼太原。离靡广衍，应风披靡，吐芳扬烈，郁郁菲菲，众香发越，肸蠁布写，晻薆咇茀。

荷与众多植物共同联合为纷华的景致，这水泽平原再与崇山、深水、禽鸟、异兽、林木、宫殿等，共同组合出赋家心目中完整的景观。纵使赋题为单一题材（如《洞箫赋》、《长笛赋》、《琴赋》），赋家亦可视其为小宇宙，以其穷究六合的笔锋，写此敛归一事的天地。如王褒《洞箫赋》云：

翔风萧萧而径其末兮，回江流川而溉其山。扬素波而挥连珠兮，声磕磕而澍渊。朝露清泠而陨其侧兮，玉液浸润而承其根，孤雌寡鹤，娱优乎其下兮，春禽群嬉，翱翔乎其颠。秋蜩不食，抱朴而长吟兮，玄猨悲啸，搜索乎其间。

以方位呈现之，则如下图：

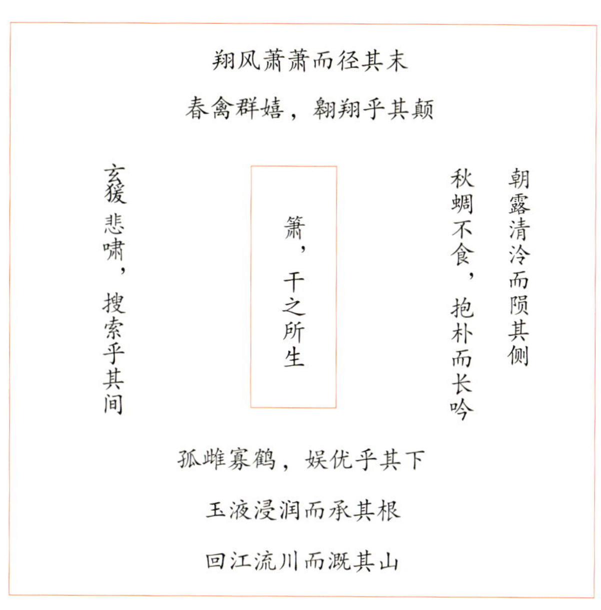

以“箫，干之所生”为中心，敷写其本末、上下、侧围种种自然生态，俨然一片完整的天地。

汉赋总揽人物、包括宇宙的恢宏气象中，同时也有极其精致的文字安排。“合綦组以成文，列锦绣而为质”（《西京杂记》），赋家利用排比、对偶描写完整平稳的形势，间杂散行句法疏荡文气，增加姿态。更大量运用瑰奇幽隐的玮字摹写声貌，写水势则字多从水部，如滂濞沆溉、灏溔潢漾，写山形则多从山部，如巃嵸崔巍、嶊崣崛崎。中国文字到两汉仍自由而多变，形、音、义的结合还未凝固，普遍存有异体现象；加上汉人好奇，有意铺陈，赋篇也就绵亘着诡异幽奇的玮字了。汉赋之所以有如此恢拓华丽的风貌，并不只是搜寻故纸、堆砌辞藻的游戏笔墨，实是赋家苦心孤诣、斟酌设计，以生命为针线，弥缝天地、刺绣万物的成绩。

• 明 • 仇英 • 汉宫春晓图

▲ | ◆ 金 ● 张瑀 ■ 文姬归汉图

汉末战乱频仍，蔡琰为胡骑所掳，居胡十二年，后为曹操赎回，作《悲愤诗》抒发流徙的心情。

第四章

乱世烟尘中的别调——六朝诗歌

小引

徘徊的声音

▲ | ◆东晋 ●顾恺之 ■洛神赋图(局部)

月出东山，幽洁的辉光朗照大地，是千古不变的江山；千古轮替的夜晚，流转着千古唯一的月。当黄昏褪尽后，人世变动的烟尘仿佛随着日影消散，六朝的夜晚与月色，也该提供乱离的心魂一夕安歇吧！然而，有些孤弱的声音响起，林野中失群的孤鸿与南下的北鸟，不安地扇动双翼，哀哀号鸣传荡在长夜旷野。月悬中天，银汉无声，客舍里一缕琴音穿窗而出，征逐着游移徘徊的月色，宣泄着主人忧思难解的心怀，忧终不解。罢！罢！鸣琴如何安慰零落的士人？月光回转，映落高楼，映照着泪光盈盈的容颜，一声幽幽的叹息，起自深深敛抑的痛怀，那是思妇长期孤寂累积下的愁哀。愁哀日甚，叹息也似那夜夜的月色，缭绕不尽。这些流离的哀鸣、忧思的琴韵、失欢的叹息，都是六朝烟尘迷离中或隐或显，却不曾断绝的声音。只有当天下重建秩序，万物得其安顿，人情得以安静偕好，它们才会沉静下来，去忘掉这一场纷乱的梦魇，去尽享好风明月，迎接另一场安详的梦。

六朝自魏、晋、宋、齐、梁、陈入隋，四百年间，朝代几经更迭，江山数易其主，政局十分紊乱，民生也备受荼毒，是中国历史上一段黑暗时代。东汉严密的君臣纲纪与气节讲求，随着汉室式微而瓦解，朝政上的表现是弱肉强食，重臣权将只会欺人孤儿寡妇，以篡弑作跃登龙门最便捷的血路。官场上势利的追求、欲望的驰骋，压倒济世安民的心志，腥晦的时风将不肯苟合的士人一步步逼出人世的边缘。

这一方面是由于领导者（例如曹操）用人唯才是举、不计操守，推翻了崇尚礼教的儒术传统。另一方面，也由于礼教本身只余僵化的形式，至东汉末期，益发钳制人心，反成负担，失了儒家尽心尽性的本旨。加上变乱的时局，社会秩序一一崩坏，士人从传统礼教中游离出来，阮籍“礼岂为我辈设也”正是这股反动的宣言。士人重新面对自我情志的纷繁姿采，自觉到个人生命的脉动如斯温热真实，于是六朝生命不再能被纳入一定模式之中，转而寻求自我的独立性。老庄思想的顺物适性、恬淡逍遥，也就成了与六朝人贴切相应的生命情调，纵使真正参悟道家境界的人不多，但放旷任情却是世人标榜来自道家的普遍生活态度。他们或者晤谈于一室之内，或者放浪形骸之外，崇尚玄谈，遗落俗务，发为诗歌咏叹，不再如楚辞、汉赋般以政治关怀为唯一主题，而有纷华多姿的表现。

王闿运曾作譬喻，曰“四言如琴，五言如笙箫，歌行七言如羌笛琵琶”。依此，则辞赋应是那变幻飘忽的英雄狂想曲了。在质素平和的琴声之后，在激诡的狂想曲落回人间之后，便是笙箫琵琶主奏的乐曲了。

五言诗的成立可推于汉代，它酝酿自乐府。乐府立于汉武帝时，原为专掌采诗配乐的音乐官署，或采民间歌谣入乐，或以文人诗颂入乐，后来即称这些作品为乐府。其中文人诗颂多供贵族郊庙燕乐之用，典雅富丽而不见性情；民间歌谣则来自大地子民，朴实中有丰富的生命力，可惜大多亡佚，少数幸存者多属东汉作品。当时民歌丰富有力的内容与形式深深地影响着文人的创作。乐府形式虽属杂言，但有许多整齐的五言作品，在吟咏模仿中，句法逐渐成熟，实为五言古诗酝酿成熟的温床。同时，乐府以写实精神、朴厚风格深切影响着后代诗人，尤其直接滋润了汉末建安的作者。汉末诗人每用乐府旧题改作新辞，或直接创作五言诗，反映社会乱离与民生疾苦，此后，乐府遂与五言古诗共同成为文人言志抒情的主要体类。文人五言诗体的始创，旧说上推至枚乘或苏武、李陵，不能确信。苏武、李陵赠答诗应系汉、魏间诗人托名所作，追怀苏武、李陵故事，悲悯二人的生命困境与逼仄的怨伤，代为抒愤而成。至于《玉台新咏》所录枚乘作品九首，其八与《昭明文选》所录古诗十九首重复，而《文选》未列作者，盖不知而阙疑，难断为枚乘之作。《古诗十九首》的内容，“大率逐臣弃妻、朋友阔绝、游子他乡、死生新故之感”（沈德潜《古诗源》），可说是东汉后期人民面对乱离的时局，思索人生的种种现象，发出的委婉顿挫、不能自已的悲歌。东汉班固的《咏史》诗是可确定作者的最早的五言古诗，其后张衡的《同声歌》、蔡邕的《饮马长城窟行》、秦嘉的《赠妇诗》等，艺术技巧日益进步，与前述作者未定诸诗，共成五言诗之典型。建安以后，五言诗本此基础，在六朝诗人自觉的创作经营下，有十分丰美的成绩。至于七言诗，虽可上推至汉武帝时的柏梁联咏，然至魏文帝的《燕歌行》才渐露光辉，婉转唱出一种流丽的柔情，但随即沉寂。直到鲍照的《拟行路难》展现出苍劲的悲情，七言诗才得以拓展内容、开创风格，终于在进入唐朝之后，有着极其华丽纵态的表现。

历史上的六朝指建都于建康的吴、东晋、宋、齐、梁、陈，文学史上的六朝则指汉唐之间文学风气自成格局的四百年，主要指魏、晋、宋、齐、梁、陈。其间诗运流转，大抵可分六期。建安时代之政治、社会、学术风气均逢剧变，风云际会中，曹氏父子起而提倡文风，戎马倥偬，横槊赋诗，激昂的志气与对世情的感慨，皆化作刚健的文学生命，而成就后世追仰的建安风骨。诸多文人抒咏征战、乱离的伤怀，一方面也转为对于宴乐、游仙的企慕，开启六朝浪漫华彩的先声。魏入正始，政权落入司马氏手中，时局危疑，逃避现实的心理引带诗风深具玄理、游仙色彩。其中，嵇康清峻，阮籍遥深，为独出时流的重要作家。“太康体”可概括西晋。八王之乱后，社会腐化，弥漫消极悲观意识，诗风趋向流靡轻绮，重形式辞藻，忽内容意境，三张（载、协、亢）、二陆（机、云）、两潘（岳、尼）、一左（思）为代表作家，唯左思《咏史八首》能奋出时流，冲旷有力。晋怀帝永嘉前后，五胡乱华，中原纷扰，终至晋室南迁，偏安江左。永嘉诗风笼罩东晋，玄风复炽，精研名理，大多诗人“理过其辞，淡乎寡味”（《诗品》），唯有刘琨《感怀》、郭璞《游仙》和陶潜的田园诗等仍扣紧生命的信息。进入南朝四代，首先有山水诗兴起，谢灵运、颜延之、鲍照世称“元嘉三大家”。前此太康的绮丽景语、郭璞等的游仙历境，以及自然山水之美的召唤，都是山水诗兴起的背景。此期诗人倾其全力巧构形似之言，以自然山水为观照主体，极貌写物，穷力追新，展现六朝诗的独特姿采。齐、梁之间，注重声韵，或称“永明体”，或称“齐梁体”，文辞雕琢典丽，声韵错综变化。谢朓山水，以及梁、陈君臣的宫体诗，都是此期作品。永明诗作虽然大多诗格卑弱，但有文学史上的意义。六朝雕绘文风此时发展至极，也才能产生纯文学的观念，而有刘勰《文心雕龙》、钟嵘《诗品》、萧统《文选》等作品的完成。对排偶、声律的注重，也促成了唐代近体诗的形成。

文人创作之外，六朝民间的声音并未断绝。《孔雀东南飞》以质朴淋漓的笔调发为长诗，诉说一则家庭悲剧，与蔡琰自述身世的《悲愤诗》，一来自民间，一出于文人，为汉魏之际难得的长篇叙事诗。而东晋以来吴歌、西曲等江南乐府，与北朝爽健的乐府，各依其民风土俗，传递着民间的情怀，呈显相殊的风格。

相传为汉作之古诗、乐府，实多属汉末作品，汉末时局与六朝近似，有异于前期一统的盛世局面，作品中流露的情调也就不是一统盛世的华亢之音，而是乱世的人生感慨，悲怅的诗风直接下贯建安，衔接六朝。因而下文先立一节，加以简述，然后综论六朝士人在古诗与乐府中所透露的不能自已的世情忧思，对生命的思索及其归宿，对物色的赏爱与描绘，以及民间乐府的呼唤。

一

汉诗的悲情

本节先论建安以前佚名之乐府、古诗。北宋郭茂倩的《乐府诗集》从音乐观点分乐府为十二类，即郊庙歌辞、燕射歌辞、鼓吹曲辞、横吹曲辞、相和歌辞、清商曲辞、舞曲歌辞、琴曲歌辞、杂曲歌辞、近代曲辞、杂歌谣辞、新乐府辞。汉乐府主要包括以下四种。一为郊庙歌辞，多系贵族文人为祭祀所作乐歌，模仿《诗经》、楚辞之颂诗祭歌的风格。二为鼓吹曲辞。以箫、笳演奏之《鼓吹》及以鼓、角演奏之《横吹》皆为胡乐。《横吹》歌辞全亡；《鼓吹》今存《铙歌》十八篇，内容庞杂，字多讹误，半数句读错乱不可解，可解者则辞气激愤，慷慨淋漓。三为相和歌辞，有琴、瑟、琵琶、笙、笛等弦管乐器并奏。其中，清、平、瑟三调同被视为清商曲辞之始。此类保存汉代民歌稍多，其音节、技巧最得文人赏识。四为杂曲歌辞，体裁、内容较为总杂，兼写生活中忧乐情思，亦有少数优秀作品存留。

▲ | ◆东晋 • 顾恺之 ▪ 洛神赋图(局部)

这些乐府中，有相和曲《江南》、《陌上桑》（又名《艳歌罗敷行》）等作品传达优游浪漫的欢喜心境。前者以质朴回复的民歌形式写江南水泽的轻悦生活，颇有《诗经·芣苢》等篇的情趣。《陌上桑》则在现实生活的基础上，以浪漫的幻想夸张书写采桑女罗敷的美丽及她对夫婿的仰望与自豪。如下引文字：

行者见罗敷，下担捋髭须。少年见罗敷，脱帽著帩头。耕者忘其犁，锄者忘其锄。来归相怨怒，但坐观罗敷。使君从南来，五马立踟蹰。

通过旁观者如痴如醉、情不自禁的动态，烘托出罗敷的美丽，充满活泼的喜感。

此外，汉乐府多数呈现了一种沉痛郁结的情调。人们面对人世的种种事件，在经历过一重重波折磨难后，沉痛地发为咏叹，其中包括了爱情、贫困、战争、死亡等人类共通的主题。我们先来看它如何处理爱情。《鼓吹·铙歌》中的《上邪》有极为热烈的宣誓，《有所思》则有极为悲切的决绝。

上邪！我欲与君相知，长命无绝衰。山无陵，江水为竭，冬雷震震，夏雨雪，天地合，乃敢与君绝！（《上邪》）

有所思，乃在大海南。何用问遗君，双珠玳瑁簪。用玉绍缭之。闻君有他心，拉杂摧烧之！摧烧之，当风扬其灰！从今已往，勿复相思，相思与君绝！鸡鸣狗吠，兄嫂当知之。妃呼狶！秋风肃肃晨风飔，东方须臾高知之！（《有所思》）

爱情的允诺是绝对永恒的。在《上邪》中，它与宇宙的永恒存在相结合，除非山不复是山，水不复是水，四时的运转错乱失序，天地黏合回复盘古尚未开辟前的混沌，这份爱情才会结束。这是何等炽热的宣誓，隐隐带有焚灼的痛感。并不是每个人都如此坚贞地信守爱情，有的人中途转变了，于是另一方在“闻君有他心”的失望里，爆发毁灭的冲动，拉杂摧烧的不仅是情爱的信物，还有情爱本身，以及以往的信任和今日的挫辱。就让一切焚化成灰，逐风而去，丝毫余痕也不要留下吧。它们稍异于《诗经》的温柔、楚辞的缠绵，而有一种痛快刚烈的姿态！

社会局势的定倾荣枯，深切影响人民的生活与心境。瑟调曲《东门行》写贫贱家庭的凄凉，《妇病行》写一生一死的挣扎，《孤儿行》写生不如死的痛苦，刻画了一个个鲜明的受苦形象。他们不只是特殊的个案，而且反映了普遍存在的社会问题。如《东门行》云：

> 出东门，不顾归。来入门，怅欲悲。盘中无斗米储，还视架上无悬衣。拔剑东门去，舍中儿母牵衣啼：“他家但愿富贵，贱妾与君共哺糜。上用仓浪天故，下当用此黄口儿。今非！”“咄！行！吾去为迟！白发时下难久居。”

极度的贫困造成湿重的阴影，贫士激切的心灵无处安顿，面对衣食的空乏、现实的萧条，悲痛迸涌出愤怒的火花，拔剑东门去！悲愤引领着利剑，能有如何的作为呢？妻子即时挽住了仗剑的手，以温婉的体谅（“与君共哺糜”）与切心的提醒（天心的清明公正与幼儿的依倚）安抚丈夫的激愤，但他们仍须艰难而坚韧地面对未来的岁月。这种不平，仿佛正是赵壹写《刺世嫉邪赋》的心境，也是鲍照《拟行路难》中的孤愤。今日读之，仍然令人动容。同样，病妇“当言未及得言，不知泪下一何翩翩”，孤儿“怆怆履霜，中多蒺藜；拔断蒺藜肠肉中，怆欲悲”，这些生死线上的咽泣，无分冬夏的劳苦，真是以血泪写成。

汉代多边战、徭役，许多征战、服役或为谋生在外的游子，唱出了他们思乡的痛苦。如杂曲《悲歌》：

悲歌可以当泣，远望可以当归。思念故乡，郁郁累累。欲归家无人，欲渡河无船。心思不能言，肠中车轮转。

简单直接的文辞，有力地传达思乡的积郁，远望、悲歌与心中辗转之苦都是普遍的感受。“车轮转”的意象更是配合游子奔波在外的经验，生动贴切。游子只能远望当归，家人也只能遥待游子消息，偶尔梦里相会，梦醒又得接受分离的事实。能如瑟调曲《饮马长城窟行》所言“客从远方来，遗我双鲤鱼。呼儿烹鲤鱼，中有尺素书。长跪读素书，书中竟何如？上言加餐饭，下言长相忆”，已经是漫长等待中最大的温慰了。

军士出征在外，除却怀乡的煎熬，更要面对跋山涉水的苦毒与死亡的威胁。杂曲《武溪深行》相传为后汉马援南征武陵蛮时所作：

滔滔武溪一何深！鸟飞不度，兽不敢临。嗟哉武溪兮多毒淫！

鸟兽活动于苍莽天地，最具原始生存能力，但处在蛮烟中的武溪竟让它们却步了。鸟兽可以却步，战士必须勇往直前，迎向未可知的一切苦难。若持之与《诗·卫风·河广》“谁谓河广，一苇杭（航）之”并读，卫人对黄河的熟悉信任，正可对比出汉代征夫的悲壮心境。《铙歌·战城南》更写出一份沉痛苍凉：

战城南，死郭北，野死不葬乌可食。为我谓乌：且为客豪！野死谅不葬，腐肉安能去子逃。水深激激，蒲苇冥冥；枭骑战斗死，驽马徘徊鸣。梁筑室，何以南？何以北？禾黍不获君何食？愿为忠臣安可得？思子良臣，良臣诚可思。朝行出攻，暮不夜归！

长久接受死亡的威胁，竟也能锻炼出一份无可如何的诙谐：战死便为乌鸦果腹，那么乌鸦也该为这些孤魂哀伤一下吧。辞气间已然放弃生还的希望，隐隐批判着战争的罪恶。

死亡，人生的必然终点，神秘地召唤万物走向它，无法叩问真相，也无从后悔折返，人们纵有千般无奈不甘，仍须接受。相和曲中的两首挽歌——《薤露》、《蒿里》，相传为田横自杀后门人伤悼所作，后用为送葬之曲。《薤露》送王公贵人：

薤上露，何易晞。露晞明朝更复落，人死一去何时归。

《蒿里》送士大夫庶人：

蒿里谁家地？聚敛魂魄无贤愚。鬼伯一何相催促？人命不得少踟蹰。

人命奄忽，如薤上朝露，容易消逝，这一譬喻每为后人重复沿用，诉说着朝向死亡不能自主与无可期待的恐慌。生命自然的死亡已足悲叹，若是缘于自我的因素，加速死亡的来临，则更加令人震撼。瑟调曲《公无渡河》写着如此事件：

公无渡河，公竟渡河！堕河而死，将奈公何！

说是一个风起浪涌的清晨，一位披发狂夫不顾乱流，强行渡河，在妻子的呼唤阻止声中，跌落河中而死。妻子唱此悲歌，也投河而死。无论是怎样的力量支持狂夫超越对死亡的恐惧，勇敢渡河，这一力量终究不能护持他避免死亡的吞噬。“堕河而死”的结局，沉痛地宣告人力的微渺。这诗最令我们惊动的也在这狂飙生命的挫败，汉人早已体认到回天无力的凄恻了。

古诗与乐府同样起于对人世的感慨，只是表达较为含蓄婉转。离散之忧与对生死的思索是其主要课题，下引二诗可为代表：

涉江采芙蓉，兰泽多芳草。采之欲遗谁？所思在远道。还顾望旧乡，长路漫浩浩。同心而离居，忧伤以终老。（《古诗十九首·涉江采芙蓉》）

驱车上东门，遥望郭北墓。白杨何萧萧，松柏夹广路。下有陈死人，杳杳即长暮。潜寐黄泉下，千载永不寤。浩浩阴阳移，年命如朝露。人生忽如寄，寿无金石固。万岁更相迭，圣贤莫能度。服食求神仙，多为药所误。不如饮美酒，被服纨与素。（《古诗十九首·驱车上东门》）

山水草木的美好也须加上人事的和谐，才是真正美好的景象。当亲人朋友两地离居，纵使面对佳山妙水，手采芳美的芙蓉，也只是映衬得思念忧伤的容颜更加憔悴。诗中不作痛快的怨责，只在反复低回中，透露大时代里离散的忧苦。思考生死问题时，诗人看着“古墓犁为田，松柏摧为薪”（《古诗十九首·去者日以疏》）的沧桑变化，感受“人生天地间，忽如远行客”（《古诗十九首·青青陵上柏》）的如寄身份，求仙长生是不可能了，那么，与其沉溺在悲观的情绪中，不如好好珍惜生之时日，享受可以掌握的快乐吧！这一转折启引了六朝人的处世态度，甚至到唐代李白身上仍留存鲜明的形象。《春夜宴诸从弟桃李园序》中不就明白说道：“夫天地者，万物之逆旅也；光阴者，百代之过客也。而浮生若梦，为欢几何？古人秉烛夜游，良有以也。”放旷中实则存有无限悲感，这也正是前人所谓古诗“言情不尽，其情乃长”的表现。

二

乱世忧思的涌荡

人降生世上，通过视、听、食、息种种活动，与外物有着不可避免的交接往来。人身不是自足的个体，心情也参与这份往来沟通，在人群间传递着一份滋润与关怀。这是人世的大爱。在世情安好之时，它平实自然地流露在日常应对之中；在变故动乱之时，它也就失其畅顺地激涌为悲悯与叹息。固然我们承认这份关怀也有被个人私利物欲遮蔽的可能，而且可以觅得无数例证，人类历史不也因此而每每偏离合理的轨道，陷于纷争相残？可是，我们也相信，人心不容自已的关爱，纵使在乱世潜藏为较不明显的力量，仍然是维续着人世可居的重要支柱。

乱离的六朝，对悲苦众生的不忍之情也流荡在每一位有情人的心怀。汉、魏之际，天下久安后陷于极度纷乱，突兀的对比最为惊心动魄。建安文人即有许多悲悯生民的诗作，以王粲的《七哀诗》最具代表性：

西京乱无象，豺虎方遘患。复弃中国去，远身适荆蛮。亲戚对我悲，朋友相追攀。出门无所见，白骨蔽平原。路有饥妇人，抱子弃草间。顾闻号泣声，挥涕独不还。未知身死处，何能两相完。驱马弃之去，不忍听此言。南登霸陵岸，回首望长安。悟彼下泉人，喟然伤心肝。

亲子戚友建立在人的相亲相持上，而战乱斩绝了这关系维持的可能性。戚友不能相全，母子不能相完，种种生离死别的愁惨，无论发生在自己还是路人身上，都同样锐利地划入诗人胸怀，成为难以愈合的伤痕。即使身为一代霸主的曹操，也同样感伤生民流离、行役的苦难。曹公虽在当时政坛上扮演着重要角色，但汉室衰微、战乱纷起却不是他的力量所能主宰条理。《短歌行》中求贤辅国、及时用世、成就周公般功业的愿望，是他始终抱持的雄心。但雄心未竟，天下尚未安平，他唯有参与士卒生民的流徙悲苦，以最俭素的身心来面对时代。传说子建妻子穿着锦绣，曹公严格执行家规，命还家赐死。他与人谈话，坦诚无隐，到兴高采烈时，可以伏案大笑，不顾桌上菜肴玷污了衣冠。行役途中，环境的萧瑟艰险，大地的荒凉，士卒的饥寒，种种亲身经历在他的作品中自然流露为苍茫的悲慨。如《苦寒行》：

北上太行山，艰哉何巍巍！羊肠坂诘屈，车轮为之摧。树木何萧瑟，北风声正悲。熊罴对我蹲，虎豹夹路啼。溪谷少人民，雪落何霏霏。延颈长叹息，远行多所怀。我心何怫郁，思欲一东归。水深桥梁绝，中路正徘徊。迷惑失故路，薄暮无宿栖。行行日已远，人马同时饥。担囊行取薪，斧冰持作糜。悲彼《东山》诗，悠悠使我哀。

这实在是整个时代的心声，也是这份时代的忧情成就了曹操“古直悲凉”的诗风。汉末战乱中有此悲情，两晋以后战乱不歇，这份悲慨也反复流荡人间。陆机《赴洛道中作》一诗云：“……行行遂已远，野途旷无人……虎啸深谷底，鸡鸣高树巅。哀风中夜流，孤兽更我前。”十分接近《苦寒行》。一方面由于模仿的痕迹仍在，一方面也因时代虽异，而世情依然相同。

参与政治，泽加于民，是士人的基本怀抱，盛世如此，乱世也是如此。虽说邦有道则仕，邦无道则隐，古有明训；但变乱之际，世务纷纭，生民待拯，正是有志之士可以施展才智、成就功业的时机。未经一番冲撞折磨，谁忍心宣告这是没有希望的无道之世呢？六朝士人也有着求用的基本怀抱，也有着不忍生民的时代悲情，年少的生命总是鼓动着求用的热情与希望，期望通过具体功业的完成来贞定自我生命的意义。只是时代回答他们的，都是拒绝与挫折。贵为王侯的曹植如此，身为布衣的左思也是如此。

曹植诗赋虽丽，却不屑以文章肯定自己，亟思于政治上有所成就，与乃兄曹丕正好相反。曹丕得禅帝位，安抚中原，却感于“年寿有时而尽，荣乐止乎其身，二者必至之常期，未若文章之无穷”，肯定“盖文章经国之大业，不朽之盛事”（《典论·论文》）。曹植在《与杨德祖书》中却说：“吾虽德薄，位为藩侯，犹庶几戮力上国，流惠下民，建永世之业，流金石之功，岂徒以翰墨为勋绩，辞颂为君子哉？”笔墨之外的人世绩业，才是曹植得以肯定自我的凭借。《薤露行》云：

> 天地无穷极，阴阳转相因。人居一世间，忽若风吹尘。愿得展功勤，输力于明君。怀此王佐才，慷慨独不群。

天地不没，山川无改，但人生奄忽而逝，如何能为这短暂的人生觅得贞定的意义？他希望效忠朝廷，建立功勋，留名后世，以王佐之才自许，是何等意气风发、顾盼有神。然而他过于任性纵情，先是私行驰道，开司马门至金门，令父亲失望，后又醉酒劫胁文帝使者，兄弟不睦，终致一生抑郁，不得试用，空有王侯之名，憾恨以终。《七哀诗》中的思妇形象，表达的正是子建长期悬望文帝、明帝垂恩试用的等待：

明月照高楼，流光正徘徊。上有愁思妇，悲叹有馀哀。借问叹者谁？言是客子妻。君行逾十年，孤妾常独栖。君若清路尘，妾若浊水泥。浮沉各异势，会合何时谐？愿为西南风，长逝入君怀。君怀良不开，贱妾当何依！

浮沉异势是早已写定的命运，子建已失了命运的锁钥，主权掌握在“君”的手中。君决定双方是否复合言欢，也决定着子建的生命能否得其安顿，而子建自己只有怀着热切不死的心，等待再等待，让热情灼伤了自己，也让世界的冰凉冻伤了自己。

左思的怀抱与挫折是六朝的另一典型。他胸次高旷，志气不凡，《咏史八首》最能展现其胸襟。第一首申述年少志向，充满理想色彩：

弱冠弄柔翰，卓荦观群书。著论准《过秦》，作赋拟《子虚》。边城苦鸣镝，羽檄飞京都。虽非甲胄士，畴昔览穰苴。长啸激清风，志若无东吴。铅刀贵一割，梦想骋良图。左眄澄江湘，右盼定羌胡。功成不受爵，长揖归田庐。

诗中洋溢着高亢激昂的情绪，喷薄着少年满腔的热血。他充满自信，议论辞章可上比贾谊、司马相如，国家有难，愿将这份胸怀器识投效疆场。而想象中平定动乱的情景是如此从容神勇，临风长啸，顾盼间便可澄净江湘、剿灭羌胡，安抚人世。完成功业本身便是目的，个人又可回归家园，过素静的生活。

然而，六朝重视门第，社会阶级分明，高门享有特权，垄断政治活动，子弟世受庇荫；寒族子弟纵有高才大略，努力奋发，也无翻身之日。为此，左思在《咏史》中愤愤不平地呐喊：“何世无奇才？遗之在草泽！”世实需才，才为世出，人才遗于草泽，是时代的损失，也是个人的憾恨。这憾恨却似为天地所默许，长期存在着。君不见“郁郁涧底松，离离山上苗。以彼径寸茎，荫此百尺条”（《咏史》其二），山巅的草苗可以凌驾涧底的高松，人间的贵族子弟也总凌驾在真正的贤才之上，“世胄蹑高位，英俊沉下僚。地势使之然，由来非一朝”（《咏史》其二）。在政治中心里，“峨峨高门内，蔼蔼皆王侯”（《咏史》其五），人才被摒弃于世外。或许攀龙附凤也能稍稍跻身高门之内吧，但左思胸次高旷，愿为世用是基于抱负的施展及对国家的眷怀，非为个人功名，因此能超举物外，不受挟制。既然社会弃绝人才，也断不攀缘权贵，而是选取“被褐出阊阖，高步追许由。振衣千仞冈，濯足万里流”（《咏史》其五）的自处之道，归守布衣之身，远离污浊俗世。虽难免有不为世用的憾恨，反能成就自我极其高旷开阔的生命情境。

这一抽身退离的姿势，并不必然导向“振衣千仞冈，濯足万里流”的安然自适。人世不平，世路艰难，对激昂悲愤的心灵来说，每是思之痛心的折磨。鲍照的《拟行路难十九首》即宣说着一片不解的激愤，如：

对案不能食，拔剑击柱长叹息。丈夫生世会几时，安能蹀躞垂羽翼！弃置罢官去，还家自休息。朝出与亲辞，暮还在亲侧。弄儿床前戏，看妇机中织。自古圣贤尽贫贱，何况我辈孤且直！

前半写蜷居下位的委屈无功，原当鹏飞的羽翼徒然垂敛，原当去成就功业的宝剑无处试练，空负一身丈夫豪气。那么，罢官去的快意，是否可以安顿此心？“还家自休息”却松软无力，亲情的圆满滋润了悲愤的心，却不是那亟思挥剑举翼的大丈夫的真正安顿处，温馨中实存苍凉。鲍照也因这份孤愤，无法安守贫贱的布衣生活，终为乱军所杀。六朝许多文人不能绝意仕途，而又缺乏智巧周旋于诡谲善变的政坛，每每不免于祸难，令人慨叹。

三

生命的彷徨与安顿

时岁推移，朝暮递转，时间以它恒定的步履进行着永不止息的变化。固然天道变易中存有不变的条理，但那变易的流程所逼显的人生的有限性，却是人们最容易感受到的恐慌。六朝世局纷乱瞬变，一切处于动荡不安之中，战乱造成大量的死亡，政坛的恩仇狡狯也时时设下死亡的网络，忧愤世情而无可措其手足的心灵，在日起日落中，益发惊栗于岁月淹忽，人世无常。这份生命的感慨与如何慰解的寻索，遂也是诗歌中透露的一大消息。

“惊风飘白日，光景驰西流。盛时不可再，百年忽我遒。”曹植《箜篌引》以千钧笔力具象表现年光的急驰飘逝，惊风白日以庞大绚烂的光景，挟带不可抗拒的威势，席卷过人生行道，我们身不由己地被催送向终点。起点与终点之间，竟是如斯短暂。朝露是常被用来譬喻的意象，曹操《短歌行》云“对酒当歌，人生几何？譬如朝露，去日苦多”，曹植《赠白马王彪》云“人

▲ | ◆明 ●周位 ■渊明逸致册页

生处一世，去若朝露晞”，都是有见于生命无常而怀抱未竟的感伤。朝露的意象沿自汉代乐府薤露。朝露易干，但仍有明朝的希望，仍有落脚的地方，仍有一闪而逝的光华。人生有时更为绝望、飘浮而黯淡，于是尘土与转蓬成为更沉痛的象征。曹植在《薤露行》中慨叹：“人居一世间，忽若风吹尘。”《吁嗟篇》云：“吁嗟此转蓬，居世何独然？长去本根逝，夙夜无休闲……卒遇回风起，吹我入云间……流转无恒处，谁知吾苦艰……”将人生种种困境无奈投射于飞蓬的流转不定。阮籍察觉“朝为媚少年，夕暮成丑老”，不禁叹息“人生若尘露”(《咏怀》)。就连知其无可如何而安之若素的陶渊明，也无奈地领略到生命不能自主的飘荡无常：“人生无根蒂，飘如陌上尘。分散逐风转，此已非常身。”(《杂诗》)

生命的飘忽无常仍是以恒定的日起月落为背景，投入人世翻腾中。生命如烛，一段段烧尽、剥落，有时竟是不知不觉，直到岁暮回首，才惊觉一年已容易度过。谢灵运的《岁暮》正是书写此番心境：

> 殷忧不能寐，苦此夜难颓。明月照积雪，朔风劲且哀。运往无淹物，年逝觉已催。

岁暮忧思，起身徘徊，唯见明月积雪相映，一片通透空明。北风强劲有力地呼啸巡行，本是贞刚绝美之境，一“哀”字却点出苍劲沉厚的悲凉来。岁月流逝，人生淹忽，大自然的平静有力，成为一种沉痛的对照，而诗人又不自觉地将这种沉痛投射在自然上。

自然景物也并不总是平静有力，万物各依其性生存，却不能免于成、住、败、坏的历程，一切繁华必然走向最终的憔悴与枯槁。阮籍的《咏怀》透露出六朝人普遍对生命的绝望：

嘉树下成蹊，东园桃与李。秋风吹飞藿，零落从此始。繁华有憔悴，堂上生荆杞。驱马舍之去，去上西山趾。一身不自保，何况恋妻子？凝霜被野草，岁暮亦云已。

桃李不言，但有繁花密实召唤人们往来其下，自成蹊径。可是秋风一起，那平淡的豆叶飘零了，这曾经繁华的桃李也一样走向零落憔悴的路途。人生也是如此，煊赫富丽的高门必然倾颓，蓬门瓮牖呢？也是无法保全的。阮籍察见繁华的不可恃，驱马舍去，遁向山野，但山野并未给他带来慰解，野草被霜，仍在憔悴的行列中。这是他“夜中不能寐，起坐弹鸣琴……徘徊将何见，忧思独伤心”（《咏怀》其一）的原因，也是他“时率意独驾，不由径路，车迹所穷，辄恸哭而反”（《晋书·阮籍传》）的原因。

如何才能慰解人生的无常呢？游心太玄、托身仙乡是六朝人尝试的两条途径，而有玄言诗与游仙诗的创作。逃避人世，崇尚虚谈，老庄是清谈的对象，也是时人指导自己生活态度的原则。东晋之后，又增佛理，玄言诗即是诗人们尝试从老庄或佛理的观点来化解人生无常等慨伤的产物，但大多“理过其辞，淡乎寡味”，“平典似道德论”（钟嵘《诗品》），能突出众流者少。嵇康的《赠秀才入军》，却能在玄言的倾向中传达出清远的意境：

息徒兰圃，秣马华山。流磻平皋，垂纶长川。目送归鸿，手挥五弦。俯仰自得，游心太玄。嘉彼钓叟，得鱼忘筌。郢人逝矣，谁与尽言。（其十四）

嵇康好老庄，导养服药，却终不能到达“独与天地精神往来，而不敖倪于万物，不谴是非，以与世俗处”（《庄子·天下篇》）的境界，也不能延年益寿，接近神仙，仍在恩怨纠缠的昏晦时代中蒙难，成了无常的又一

一 醉石

相传这是当年陶渊明最后高卧的地方，石高约丈百，平滑如桌，上刻有『归去来馆』四字。

见证。玄理的体践固然不是冥思空言可及，对神仙世界的追寻也是无凭，汉代古诗即已指出“服食求神仙，多为药所误”。但建安以来，诗人仍不肯放弃游仙的想望，一方面在理智的照鉴下反游仙，如曹植的“虚无求列仙，松子久吾欺”（《赠白马王彪》），一方面仍忻慕那灵山秀水、紫云缥缈间餐风饮露、掬泉嚼蕊的神仙生涯。郭璞的《游仙诗》最为代表：

> 翡翠戏兰苕，容色更相鲜。绿萝结高林，蒙笼盖一山。中有冥寂士，静啸抚清弦。放情陵霄外，嚼蕊挹飞泉。赤松临上游，驾鸿乘紫烟。左挹浮丘袖，右拍洪崖肩。借问蜉蝣辈，宁知龟鹤年。

六朝诗人写作游仙诗的动机，与其说是纯粹畏惧死亡，想望神仙的永生，毋宁说是逃遁人生的痛苦、无常，向往一个平宁美好的家乡。只是这个家乡原是无法往外求得的，他们也同时领纳着不得实现的悲哀。

能从纷纭的人事中挣扎出来，化解人生的痛苦无常，寻得平静的心灵家乡，陶渊明是六朝文人中的异数，展现了清淡贞静的境界。

年少的渊明，也有着飞扬的意兴。“少时壮且厉，抚剑独行游”（《拟古》），剑是参与人世的凭借，是少时“游好在六经”的学养，也是“猛志逸四海，骞翮思远翥”的豪情壮志，但是时局使他未能挥剑立功。虽曾踏上仕途，担任镇军参军、建威参军、彭泽令等职，但“行行向不惑”之际，志业仍“淹忽遂无成”。人世的艰难困顿，政治场合的权势离合，使得陶渊明在沉冷中发现：参与仕途仅存的意义，竟是换取温饱。那么，放弃自然淡泊的本性便不值得了，于是自免去职，解印绶而归田园。他从用世的希望、失望，以及人世的纷纭风波中挣扎出来，坦率真诚地面对自己，仔细审视每一步的安稳与笃定。渊明回归田园，将自己安顿在田园家乡。归返田园的方式，不只是厕身其间，而是全身心的安顿。渊明躬耕南山，在实际与土地的血汗接触中，去感知兴衰的消息与平居的喜悦：

种豆南山下，草盛豆苗稀。晨兴理荒秽，带月荷锄归。道狭草木长，夕露沾我衣。衣沾不足惜，但使愿无违。（《归园田居》）

地瘠草盛，必须晨昏的耕耘才能呵护起豆苗的青青成长。体力付出固然辛勤，但却真实有着力处，纯粹自主而无人为风波。渊明质性自然，在此不必受到委曲变形，也就“虽未量岁功，即事多所欣”（《癸卯岁始春怀古田舍》）。欣喜之心无关乎外在物质供养，无关乎人事功业成败，只是生命本身的得其顺遂而已。自我得其顺遂，也才能有源源不绝的温厚情怀去关爱这片土地与生民。

春秋多佳日，登高赋新诗。过门更相呼，有酒斟酌之。农务各自归，闲暇辄相思。相思则披衣，言笑无厌时。此理将不胜？无为忽去兹。衣食当须纪，力耕不吾欺。（《移居》其二）

移居写耕作外的生活。饮食于斯，悠游于斯，生命的一切内容都在这里交会融合，不特别去激引快乐，也没有狂飙的悲伤，一份从容自然流转出清新与喜悦，而有《饮酒》的境界：

结庐在人境，而无车马喧。问君何能尔？心远地自偏。采菊东篱下，悠然见南山。山气日夕佳，飞鸟相与还。此中有真意，欲辨已忘言。

身处人世之中，车马的喧杂，人事的往来，乃至生死的流变，都是无所逃的，渊明同样领纳它们。冲旷的心使他跳出自我与事物相刃相靡的对立状态，空间中，篱下黄菊、天际南山与身边人群车马安适相存；时间上，朝明夕晦、花开花谢、声起音灭，也在行进推移中自成合理的现象。在时空长流里，人生也是大化流行的一脉，那么就“纵浪大化中，不喜亦不惧。应尽便须尽，无复独多虑”（《形影神赠答诗·神释》）。投身万物兴衰成坏的自然变易中，生死的衔接可以不惊起一丝风尘，在安天知命中，化解了惶惑回避的心理，只余平静宁和：“聊乘化以归尽，乐夫天命复奚疑！”（《归去来兮辞》）

四

特色的赏爱与描绘

回归自然田园，陶渊明获得生命的安顿。而六朝文人的普遍山水赏爱，虽同是亲近自然，却未凝塑出更多的陶渊明，其主要意义乃展现在美感态度与山水诗的完成。

山水诗继玄言、游仙诗而起，表面上虽是“宋初文咏，体有因革，庄老告退，而山水方滋”（《文心雕龙·明诗》），其实两晋的老庄玄风仙想都做了山水诗发展的背景。文人避世隐居、往来谈玄，以大自然作为活动的场所，也渐渐将其纳入吟咏之中。然后，游仙诗中对仙境的描绘，渐由虚渺的天上下移人间，且由附属的地位渐增篇幅，终于成为诗篇的主题。况且帝室南迁以后，江南佳川秀峦触人耳目、动人心魂，吸引人们注意，逐渐取代文人久熟的题材成为新宠；加上政治上的困挫，文人自觉地投注心力于文辞创作，山水诗遂成为六朝最绚丽的诗国彩虹。

嘉峪关魏晋墓砖壁画 • 甘肃出土

山水诗人面对自然的心态迥异于渊明。渊明以自然为身心回归的家园，委心乘化，恒定和谐地将自己消融在自然之中。山水诗人们则只是偶尔洒落出尘，穷山回溪，心怀怨伤，是宦海与山林间的漂泊者；对自然而言，他们不是归人，只是过客，是虽懂得赏爱却不能澄静冥合的匆匆旅人。他们也自觉到这份心态，如谢灵运在《登池上楼》中即直抒彷徨难处之情：

潜虬媚幽姿，飞鸿响远音。薄霄愧云浮，栖川怍渊沉。进德智所拙，退耕力不任。狥禄反穷海，卧疴对空林……

心志在仕隐二端徘徊无依，莫可如何，蛟龙、鸿鹄展示给他回归自然的逍遥自在，在反省中，深深愧怍自己实不能以隐为安顿，而仕宦又不能积极用世，倒像是只为衣食利禄了，于是他面对山林的是那郁闷困顿的心魂。这种心态产生的根由，一是不能沉静下来、执着不悔地去投入仕或隐。

如《斋中读书》所云：“既笑沮溺苦，又哂子云阁。执戟亦以疲，耕稼岂云乐？”扬雄仕宦艰辛难处，沮溺耕稼劳苦疲顿，灵运一笑置之，似乎取得旁观的悠闲，实际上是将自己抛掷在虚无否定中，不能做有力的抉择、认同。其次，灵运未必不能忍受退耕的辛勤及执戟的疲累，而是不甘心、不愿意。谢家为东晋大族，他出身高门，极其自负并眷爱自己，所谓“樵隐俱在山，繇来事不同”（《田南树园激流植楥》），可知他怎肯屈身田亩。刘宋亡晋后，他累贬为永嘉太守，常怀愤愤，以为大材小用，遂也不肯用心政事了。

这漂浮的心态引领诗人成为山水的访客，他凭借着祖产丰厚、徒奴众多，既经营广大的园林池苑，又每每出城游行，寻幽访峻，不辞远阻，经旬不归。有一次，他从始宁南山伐木开径，直到临海，从者数百人，临海太守还惊为山贼呢。当他怀着郁闷困顿的心情投向山林，群山万壑的奇美景致络绎不绝，奔赴目前，以它们的颜采姿态打动诗人心目，暂时平息心中的种种不平。“春秋代序，阴阳惨舒，物色之动，心亦摇焉。”（《文心雕龙·物色》）“气之动物，物之感人，故摇荡性情，形诸舞咏。”（《诗品序》）诗人在物色喧妍、摇荡性情中获取慰藉，也在观物写物，以文字描绘景物中获取满足。其《石壁精舍还湖中作》云：

> 昏旦变气候，山水含清晖。清晖能娱人，游子憺忘归。出谷日尚早，入舟阳已微。林壑敛暝色，云霞收夕霏。芰荷迭映蔚，蒲稗相因依。披拂趋南径，愉悦偃东扉。虑澹物自轻，意惬理无违。寄言摄生客，试用此道推。

山水胜景在晨昏变化的光影里展现着殊异的景观，吸引着游子心眼。明知有一现实人事世界终须归去面对，但在这出游的时刻，山水清晖毕竟也是一种真实的安慰，虽然短暂易逝。已是黄昏，你看，山谷敛拥着苍茫的暮色，天际橙红的云霞暗了，渐渐收拾它明艳的光彩，湖中菱芰与荷花在霞光中相互映照柔丽的姿容，湖畔蒲草禾稗连绵相依成一片浓绿……作者兴悦地描绘他目击的美景，笔下也就展现了一幅图画，企图复印草木的形貌，转载山水的深情，以文字作绘画性的传达。末尾，诗人领略到山水无言中蕴有幽微理趣：心思淡泊则外物得失无足牵挂。诗的结构由游历写景转入兴情悟理，这也是谢诗的基型、山水诗的基型。

大谢以外的山水诗人如颜延之、沈约等人亦负盛名，但多无创新，能开展独特风格的要推鲍照、谢朓二人。鲍照作品可分二类，一为拟古乐府的五七言诗，如前文论及的《拟行路难》，壮丽豪放，抒写胸中块垒，上承汉代民间乐府，下开唐人歌行；一为附和元嘉诗风的作品，继承颜、谢以自然山水为美的对象之外，更扩充对象，旁及木石管乐，妆奁女子，以特定的物或人作为描写主题，成为咏物诗与宫体诗的先声。咏物如《山行见孤桐》：

> 桐生丛石里，根孤地寒阴。上倚崩岸势，下带洞阿深。奔泉冬激射，雾雨夏霖霪。未霜叶已肃，不风条自吟。昏明积苦思，昼夜叫哀禽。弃妾望掩泪，逐臣对抚心。虽以慰单危，悲凉不可任。幸愿见雕斫，为君堂上琴。

通篇只写孤桐一物，先写成长的地势环境，衬托孤桐性格，接着写条叶鸣禽的悲凉之态，投射作者的悲凉之情。此类咏物诗仍在山水诗系统之中，只是它截取山水中的景物为主，如云、雪、秋、燕，倾力刻画其形神，而较大谢山水诗更为婉转生情，所以《诗品》称他“善制形状写物之词”，他

▲ | ◆东晋 ● 顾恺之 ■ 女史箴图（局部）

正站在山水与咏物、宫体的承转地位上。

鲍照之后，咏物主体不再限于取自山水景物，视野移至帘前灯下、花间美人，妆镜、灯烛与女子容饰一一登场，作为文人的赏爱对象。宫体实可纳入广义的咏物范畴，中国文人的写实精神无所限制地触及日常生活接触的每一物事，蔚为齐、梁以后的创作风潮。文学史上对于此期之咏物、宫体表现一向贬多于褒，主要基于道德情志的要求，若从写实技巧的发展来看，它们在文学史上仍有不可斩绝的必要地位。

谢朓在时流中，除了咏镜、烛等作，仍有大量山水诗，意境高远深刻。他所观望的主体，不是大谢随兴登临的佳山妙水，主要环拥被他视为家乡的建康，也是作为政治中心的京都。于是，小谢山水诗便在望乡情怀中开展，纠缠着个人身世与政治际遇中的种种矛盾心情。《晚登三山还望京邑》可为代表：

灞涘望长安，河阳视京县。白日丽飞甍，参差皆可见。余霞散成绮，澄江静如练。喧鸟覆春洲，杂英满芳甸。去矣方滞淫，怀哉罢欢宴。佳期怅何许，泪下如流霰。有情知望乡，谁能鬒不变。

梁刘勰在《文心雕龙·物色》中指出："自近代以来，文贵形似，窥情风景之上，钻貌草木之中。吟咏所发，志惟深远；体物为妙，功在密附。"即是察觉南朝以来，山水诗及其开展出的咏物诗、宫体诗均有以文字作图画描绘的倾向，"情必极貌以写物，辞必穷力而追新"（《文心雕龙·明诗》），于摹貌得神上，获得相当的成绩。以语文作空间描绘，在汉赋中已有相当自觉的尝试，只是它的成绩停留在品类与形势的铺写上，加上作者自我情志的抑压，使得汉赋的写物造成庞大的声势，以整体结构寄寓作者理念，而在细部写景文辞上则较乏姿态神采的掌握。六朝承继两汉，对文学创作有更清明的自觉，自太康张协、潘岳等人的绮靡雕琢以写景，永嘉郭璞《游仙》的仙境描绘，累积至大小谢、鲍照等的山水、咏物诗作，既显示了六朝文人对物色的赏爱，也在文学表现技巧上往前推进，完成六朝异于前代的成绩，这一成绩大抵便是刘勰所谓的"形似"了。

五

野烟外的呼唤

当六朝士人在仕宦与家园之间徘徊抉择，在忧思天下动乱与雅好山水清赏之间起伏跌宕，而有上文所述的诗歌展现时，那野烟缭绕的民间，另有他们发自基本饮食儿女生活的声音，作着热切的呼唤。这些民歌大多玲珑活泼地诉说情感，部分则较接近汉乐府，较遒劲地反映现实。

汉民歌以它开阔有力的笔触引起后人的同情共鸣后，建安时有《孔雀东南飞》长诗，叙写一对夫妻以其坚贞爱情与旧家庭制度、传统伦理奋斗的悲剧，诗前有序："汉末建安中，庐江府小吏焦仲卿妻刘氏，为仲卿母所遣，自誓不嫁。其家逼之，乃投水而死。仲卿闻之，亦自缢于庭树。时人伤之，为诗云尔。"全诗一千七百八十五字，情节丰富曲折，充满戏剧性冲突，刘兰芝、焦仲卿、焦母、刘兄等人物性格鲜明，语言素朴通畅，叙事中带有浓厚抒情笔调。试读诗末兰芝被逼再嫁之日以身殉情的一段：

奄奄黄昏后，寂寂人定初。“我命绝今日，魂去尸长留！”揽裙脱丝履，举身赴清池。府吏闻此事，心知长别离，徘徊庭树下，自挂东南枝。

死亡在坚贞的爱情面前，也是一种可亲的美丽，作者以其艺术文笔贴切地传达了这份绽放自愁恨的美丽。明王世贞《艺苑卮言》盛赞它“质而不俚，乱而能整，叙事如画，叙情若诉，长篇之圣也”，确是中国文学史上的杰作。

南北朝民歌继承汉魏乐府，并发展其特殊风格，倾向短篇抒情。由于政分南北，土俗相异，南朝民歌与北朝民歌呈现出不同的色彩与情调。

南朝民歌主要有吴声、西曲两类，吴声出自江南建业一带，西曲出自荆州一带，曲调辞情不同，但关注中心都集中在儿女情爱。吴声大多是五言四句小诗，以《子夜歌》、《子夜四时歌》、《华山畿》、《读曲歌》等曲为主。《大子夜歌》云：“歌谣数百种，子夜最可怜。慷慨吐清音，明转出天然。”明丽清新是《子夜》特色，也大抵是吴声特色，它如此诉说情感的荡漾与执持。如：

春林花多媚，春鸟意多哀。春风复多情，吹我罗裳开。（《春歌》）

宿昔不梳头，丝发披两肩。婉伸郎膝上，何处不可怜！（《子夜歌》）

啼着曙，泪落枕将浮，身沉被流去。（《华山畿》）

奈何许，天下人何限，慊慊只为汝。（《华山畿》）

《春歌》写春日女子的情怀，有缓缓漾开的柔媚与惆怅，只因情已悄悄入我心田。情爱果得相应的对象，拥有了相聚的欢喜，《子夜歌》温柔而不拘束地诉说欢会的亲昵。但人生时有离别，当所欢远去，以往的甜美随之俱去，只有相思的眼泪是眼前的真实。泪水涌流成情海，一往情深的爱，教人沉溺而至灭顶。《华山畿》中流露的情每每令人惊心赞叹，它流自生命深处，是一往不悔的郑重认取，是“弱水三千，只取一瓢饮”的专注。这应是承自《华山畿》原曲本事所表现的浪漫贞烈吧。南朝陈释智匠所撰《古今乐录》记载：

《华山畿》者，宋少帝时懊恼一曲也，亦变曲也。少帝时，南徐一士子从华山畿往云阳，见客舍有女子，年十八九，悦之无因，遂感心疾。母问其故，具以启母。母为至华山寻访，见女具说。闻感之，因脱蔽膝，令母密置其席下，卧之当已。少日果差，忽举席见蔽膝而抱持，遂吞食而死。气欲绝，谓母曰：“葬时，车载从华山度。”母从其意。比至女门，牛不肯前，打拍不动。女曰：“且待须臾。”妆点沐浴，既而出，歌曰：“华山畿，君既为侬死，独活为谁施？欢若见怜时，棺木为侬开。”棺应声开，女遂入棺，家人叩打，无如之何。乃合葬，呼曰“神女冢”。

无论故事真实与否，它都表现了六朝儿女对情爱的认取，摆落了一切现实理性的攀缘，直教生死相许的情感，以整个生命付出，也以整个生命回应。

西曲较吴声晚出，多写水上船边旅客商妇的离别愁苦与相思，和吴声的一般儿女恋情不同，辞情表现也较大方热烈。重要曲调有《三洲歌》、《那呵滩》、《莫愁乐》、《采桑度》等。

风流不暂停，三山隐行舟。愿作比目鱼，随欢千里游！（《三洲歌》）

望欢四五年，实情将懊恼。愿得无人处，回身与郎抱。（《孟珠》）

闻欢下扬州，相送江津湾。愿得篙橹折，交郎到头还。（《那呵滩》）

篙折当更觅，橹折当更安。各自是官人，那得到头还。（《那呵滩》）

前二首写送别与重逢的热切情怀，后二首为长江船家夫妇的对唱。妻子不忍离别而希望篙橹断折，但船夫理性地面对现实工作，篙橹若断折，还是要重觅安置，还是要跨出分别的步履。诗中既表现夫妇之情，也反映船家生活。

晋室南迁之后，北朝为异族驰骋之地，虽渐汉化，诗中仍流露胡儿利爽之气，加上苍茫辽阔的地理背景，北朝民歌与南方表现迥异，题材广泛，辞情慷慨爽朗：

敕勒川，阴山下，天似穹庐，笼盖四野。天苍苍，野茫茫，风吹草低见牛羊。（《敕勒歌》）

健儿须快马，快马须健儿。跸跋黄尘下，然后别雄雌。（《折杨柳歌辞》）

陇头流水，流离山下。念吾一身，飘然旷野。（《陇头歌辞》）

兄在城中弟在外，弓无弦，箭无栝。食粮乏尽若为活？救我来！救我来！（《隔谷歌》）

门前一株枣，岁岁不知老。阿婆不嫁女，那得孙儿抱？（《折杨柳歌》）

诸诗写北国风光、北方健儿的矫健英武、游子的漂泊无依、战争的残酷灾难，或者女子的待嫁心情。北歌数量虽远逊于南方，但内容的深广与文辞的豪率特色，实足与南歌相抗衡。尤其是《木兰诗》，可媲美《孔雀东南飞》。它大约作于北魏时期，叙写木兰因父老弟幼而代父应征的事迹，由主人公起初的心情、准备写起，经过征程的孤寂、勇毅，终于功成得归，恢复女儿身份，安享家庭生活。随着《木兰诗》的流传，我们从“唧唧复唧唧，木兰当户织。不闻机杼声，惟闻女叹息”中感知她的伦理孝思，从“万里赴戎机，关山度若飞。朔气传金柝，寒光照铁衣”中认识她的坚毅气概，这位女子英豪的形象早已家喻户晓，获得普遍的崇仰。

▲ | 五代 • 北齐 • 杨子华 • 校书图（宋摹本，局部）

第五章

内敛与飞扬的顿挫雄风

——唐诗（一）

小引

无人不道看花回

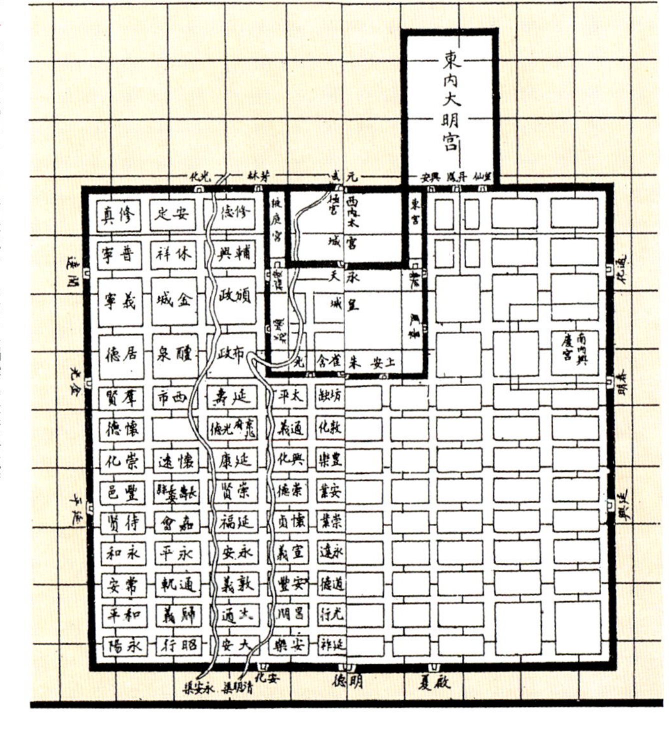

唐长安城图 ◆ 出自清张聪贤、董曾臣编撰《长安县志》

东风吹过江南，铺展了一场旖旎多娇的春梦，梦里有远山近水的清影，也有桃杏深浅的姿采，更有南国佳丽的容颜。而花开次第，开到荼蘼，春事已了，梦也该醒了。当依依送春归去，辗转自梦的边缘跌醒，我们却惊喜地发觉，南朝的春宴之后，长安的花季正当开始，六朝繁华如梦之后，唐世正以真实笃定的气息孕育出人间雍容兴华的盛景。

长安是经过规划的都城，雄伟的城墙、深峻的护壕环围起这一千二百年前雄视宇内的天子之都，也圈出了唐帝国的缩影。城内街道纵横交错如棋盘，道旁整齐罗列着富丽堂皇的建筑，蓊郁的行道树枝柯交通地遮护出路路浓荫，春渐残，夏已初，人们或鞭快马，或驾轻车，往来于树荫下洁净的青石板路。那边白马上的少年嘬口一声长啸，马蹄轻疾地敲叩着一路清音远去，背后长剑上斜飞的缨穗，蓬蓬散开如盛花。这边凉风拂掀巾车上的帷帘，依稀可见贴金点翠的华贵夫人，或美目流盼的青春少女，眉目间传荡着一份欣喜："李尚书家的牡丹艳好。""相国寺更是株株国色。"一路轻议，兴奋的酡颜也如牡丹般红艳……熙来攘往的人群繁纷而又安详，一直赓续到黄昏日落，天际的晚霞一如人们看花归来的痴醉欣狂，一如那富豪宅第、寺观庭院中姹紫嫣红的绝色牡丹。

而极致的国色天香在皇宫禁苑。那日沉香亭畔，翠叶如洗，红艳凝香，花叶上驻留的露珠颤颤闪动着莹洁的光彩，与亭间佳人相互映照。当李白乘醉写下《清平调》三章，李龟年按谱而歌，玄宗自调玉笛倚和，一时名花、美人、好诗、佳乐荟毓成人间难再的繁华。然而春风终将休息，名花终须零落，美人终有迟暮，英雄天子亦终老去，唯有"一枝红艳露凝香，云雨巫山枉断肠"余音袅袅，千年来依然传递着当年的兴华与惆怅……

唐诗是不凋的牡丹，盛开在大唐帝国的每一处膏壤，无论王侯苑囿，还是庶民宅院。它不仅见证着“无人不道看花回”的花季盛况，本身更是一片色喧影摇、无人不诗的花国。

胡应麟在《诗薮外编》中曾如此描述：

> 甚矣诗之盛于唐也。其体则三、四、五言，六、七杂言，乐府，歌行，近体，绝句，靡弗备矣。其格则高卑、远近、浓淡、浅深、巨细、精粗、巧拙、强弱，靡弗具矣。其调则飘逸、浑雄、沉深、博大、绮丽、幽闲、新奇、猥琐，靡弗届矣。其人则帝王、将相、朝士、布衣、童子、妇人、缁衣、羽客，靡弗预矣。

唐代沿承六朝文化遗产与诗歌体式，五古、乐府之外，七古、律诗、绝句在长期酝酿后方告成熟，三方新辟的沃土正提供唐人驰骋其才思。加上政治社会背景，如帝王的提倡、科举制度的鼓励、社会基础的扩大等因素，于是，各种诗体以其自身相殊的气度，在诗人们相殊的生命历练、文辞经营下，交织成斑斓繁富的盛景。

大唐国势以玄宗、肃宗二朝为分水岭，由前此的兴扬鼎盛转渐衰颓，作为人世反影的诗歌发展，亦大抵可依此分为两期。前期诗人纵横捭阖的生命风神发展出唐诗的开阔气象；而鼎盛之后，后期诗人则须从前人盛迹中翻新求变，多呕其心血于文辞风格的经营。本章先论唐诗前期的情形。

自唐高祖至肃宗约一百五十年间，相当于公元七世纪初至八世纪中叶，唐帝国以朝阳的温热培护着诗歌园地的葱茏。论诗者每再分为初唐、盛唐，前一百年为由六朝余韵过渡为唐朝正声的时期，“初唐四杰”——王勃、杨炯、卢照邻、骆宾王，与沈佺期、宋之问、杜审言等人代表的诗坛主流，仍承齐、梁遗风，轻艳绮靡，但对音节声律的讲求，使得律绝格式在长期试验中终告完成，成为一代新体。因此，诸人诗风虽较卑弱，但在文学史上仍有其意义。潮流之外另有反对齐、梁的声音，如王绩、陈子昂等人提倡汉魏风骨，力洗雕彩，发挥幽郁，所以王适许陈为“海内文宗”，韩愈追怀“国朝盛文章，子昂始高蹈”，他们积极为诗歌内容注入属于唐人自己的生命情志，扭转时风，功不可没。后起诗人即在发展成熟的各种诗体上，传达他们各自相殊而真挚的生命体验与情志，摆脱六朝积习，缔造唐诗的新境界。李白展现飞扬跋扈的个人姿采，杜甫显露沉郁内敛的人世襟怀，王维、孟浩然等吟咏宁静远举的自然清音，王昌龄、岑参等高歌慷慨悲凉的边塞豪情，这些开阖顿挫的性情与诗风，造就了八世纪前叶的光辉，也勾勒出令后人无限缅怀的盛唐，同时代表着初唐诗人累积下的成绩。

盛唐不只是一片静态的风景，它植根于大地，吸取各方雨露、阳光，自有一片栩栩生意。我们婆娑其下，品味诗中透露的唐人生命的积极有力，回旋从容，亦可以流连而忘返了。

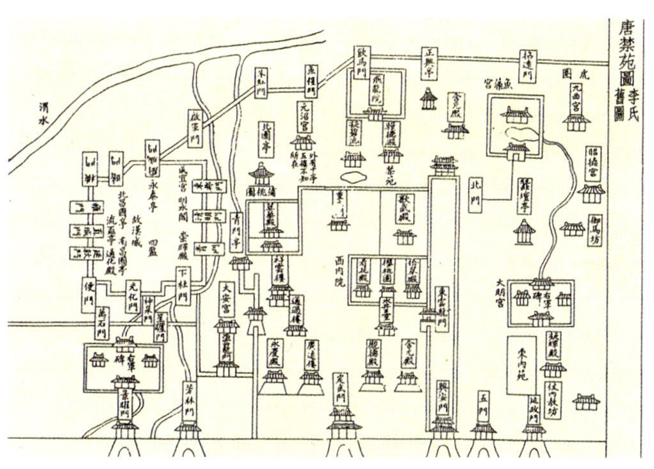

▲ | ▪ 唐代长安禁苑图 • 出自元李好文编撰《长安志图》

一

飞扬跋扈的个人姿采

唐世飞扬纵态的时代精神，投射在个人身上，突显着一一独特有力的身影。其间以横绝的气度最先令人惊艳的，该是那“兴酣落笔摇五岳，诗成笑傲凌沧洲”（《江上吟》）的李白吧!

面对李白，仿佛便有飒飒风起，回荡在天末远空，展现飘逸流荡的美；仿佛也有潇潇雨落，敲击着人间土地，执着于归向人世的追寻。而无论是风起云飞，还是雨落星沉，无论是飘逸逍遥的神仙风姿，还是纵横不群的侠士气概，李白，始终发散着他奔腾飞扬的生命气息。

相传李白出生那夜，其母梦见了天际闪耀的长庚星。长庚即金星，一名太白，所以以白为名，太白为字，好像这出生便结合了天上人间的性格，以后不可避免地要在两极之间摆动了。他的先世为陇西成纪人，后因犯罪被放逐异域，至唐中宗神龙初年才潜还蜀地。时李白大约五岁，此后便居于蜀。其父李客“高卧云林，不求禄仕”，先人的流徙经验、异域性格，或

宋·梁楷·太白行吟图

飘逸的神仙风姿与狂放的侠士气质，凝铸成李白飞扬的生命。

许也潜在地影响着他。而李白幼时见老婆婆铁杵磨成绣花针的传说，应是一种象征，为李白过于跳脱的生命注入一份人间的执着。成长后的李白同时展露了他壮丽的神仙性与人间性。二十岁开始漫游四川各地，五年后更“仗剑去国，辞亲远游”，天真烂漫地挥霍着生命与钱财，热切地投入陌生的中原社会，自云“不逾一年，散金三十余万”（《上安州裴长史书》）。在安陆娶前宰相许圉师之孙女，并南游江湘洞庭，东至山东兖州，东北至洛阳、太原，作千里壮游。但他仍然保留自己随时可以抽离的姿态，又与孔巢父、韩准、裴政、张叔明、陶沔五人共同隐于徂徕山竹溪，酣饮纵酒，时号“竹溪六逸”。天宝元年，李白四十二岁，因道士吴筠推荐，被召入长安。“仰天大笑出门去，我辈岂是蓬蒿人”（《南陵别儿童入京》），他意气洋洋，以为可以挥剑佩印，建立人间的功业。但是，入京三年，不过调笔弄墨，赏花吟诗，失望中对唐朝政局、社会现实有了较深切的认识。上疏求放后，他在洛阳逢遇杜甫，论交同游，数月光景成为文学史上千秋佳话。此后十年漫游，生活日渐窘迫，游侠的色彩渐转为游仙，而飞扬豪迈如昔，岁月的磨炼使他在“挥斥幽愤”（《暮春江夏送张祖监丞之东都序》）的创作中有了更巨幅的摆荡起伏。天宝十四年，安史之乱起，李白在“白骨成丘山，苍生竟何罪”的感慨中，参加了永王李璘号召抗战的军幕。永王兵败，白亦下狱浔阳，不久流放夜郎。次年遇赦，往依族叔当涂县令李阳冰。宝应元年（公元七六二年）卒，结束了自己繁华而寂寞的一生。

说李白繁华，因他曾酣畅飞扬地展露一己的生命性情；说他寂寞，因他在人间世的追寻始终难得相应。

初入长安，贺知章惊叹“此天上谪仙人也”，超脱狂放的神仙性格是李白贯串一生、直通内外的真实表现。唐朝崇老奉道，李白本其性格之浪漫玄想，加上家学渊源与环境影响，自云“五岁诵六甲”（《上安州裴长史书》）、“十五游神仙”（《感兴八首》之五），又云“学道三十春，自言羲皇人”（《酬王补阙惠翼庄庙宋丞泚赠别》），“云卧三十年，好闲复爱仙”（《安陆白兆山桃花岩寄刘侍御绾》），“家本紫云山，道风未沦落”（《题嵩山逸人元丹丘山居》）。而培蓄了他醇厚跳脱的飞扬能力。年少时既不沾滞于世俗，中年受挫后复能在折辱坎坷中后退一步，从回折沉郁中依然透出一股不羁的活力。这份跳脱飞扬既可展现为清新自然的慕仙向道之作，如《望终南山寄紫阁隐者》：

出门见南山，引领意无限。秀色难为名，苍翠日在眼。有时白云起，天际自舒卷。心中与之然，托兴每不浅。何当造幽人，灭迹栖绝巘。

也可展现为超越时空，驰骋想象，以舒泻其奔逸绝足的流动活力，如《庐山谣寄卢侍御虚舟》：

我本楚狂人，凤歌笑孔丘。手持绿玉杖，朝别黄鹤楼。五岳寻仙不辞远。一生好入名山游……登高壮观天地间，大江茫茫去不还。黄云万里动风色，白波九道流雪山……早服还丹无世情，琴心三叠道初成，遥见仙人彩云里，手把芙蓉朝玉京，先期汗漫九垓上，愿接卢敖游太清！

又如《梦游天姥吟留别》：

熊咆龙吟殷岩泉，栗深林兮惊层巅。云青青兮欲雨，水澹澹兮生烟。列缺霹雳，丘峦崩摧。洞天石扉，訇然中开。青冥浩荡不见底，日月照耀金银台。霓为衣兮风为马，云之君兮纷纷而来下。虎鼓瑟兮鸾回车，仙之人兮列如麻。

若此极高极阔的境界描写，充分显露了李白非凡的气魄，然若李白顺着这一路线发展，则只在游仙诗境上，继郭璞之后，开拓另一充满动感险趣的新局（郭璞的仙境是人间的美景，李白的仙境是人间的绝域）。而李白的生命并不如此单纯，在他的神仙性格纵横发放的同时，他也执持了参与人世的心念，展现为任侠的作风。他好剑术，嘲儒生，反对礼教，同情弱者，魏颢《李翰林集序》称其“少任侠，手刃数人”。他在《赠从兄襄阳少府皓诗》中亦自云：

结发未识事，所交尽豪雄。却秦不受赏，救赵宁为功？托身白刃里，杀人红尘中。当朝揖高义，举世钦英风。

仗不平之剑，除不平之事，红尘中杀人，犹是小试锋芒，只维护了有限的小小一方正义，李白的豪气壮心不止于此，他要护持的是全天下的正义。宋赵德麟《侯鲭录》中的一段记载，最能掌握李白的这种性格：

李白开元中谒宰相，封一板，上题云“海上钓鳌客李白”。相问曰：“先生临沧海，钓巨鳌，以何物为钓线？”白曰：“以风浪逸其情，乾坤纵其志，以虹霓为丝，明月为钩。”又曰：“何物为饵？”曰：“以天下无义丈夫为饵！”时相悚然。

不论故事真实与否，这都是后人仰望中李白的一个面貌，在醇酒妇人之外，在寻仙逃世之外，一个真实入世的仗义丈夫。故事中的海上钓鳌，即是人间游侠的行踪，宰相能了解李白文字的象征意义，所以能开展底下惊绝的问答。在人间纵横任侠，以什么为凭借呢？李白的凭借是那包揽乾坤的磅礴情志与理想。以什么具体行为来换取理想的实现呢？李白拔剑出鞘，指向天下人间无义之人，剑虹过处，除去无义与不平，手指挥处，天地万物在其役使中各归正位，而得合理之秩序。这是李白仗剑去国、辞亲远游的一个基本方向，“余亦草间人，颇怀拯物情”（《读诸葛武侯传书怀赠长安崔少府叔封昆季诗》），“誓欲斩鲸鲵，澄清洛阳水”（《赠张相镐》），“苟无济代心，独善亦何益”（《赠韦秘书子春》）等诗都肯定这一方向的抉择。他亦深知人间的路途充满艰难困顿，有无数逼仄挫折，有难以逃免的悲哀痛切，此路行去，应是“两岸猿声啼不住”，但飞扬年轻的他依然有“千里江陵一日还”、“轻舟已过万重山”（《早发白帝城》）的自信与豪气。

李白同时拥有着高蹈的神仙性与热切的人间性，两个方向都有他雄浑不羁的生命做鼓荡的动力，激荡出壮阔的波澜。试看《古风（其十九）》：

西上莲花山，迢迢见明星。素手把芙蓉，步虚蹑太清……俯视洛阳川，茫茫走胡兵。流血涂野草，豺狼尽冠缨！

前半是遗世独立，飘逸如仙的李白，后半却是目睹人世乱离，不能不热血沸腾、愤悱激动的李白。二者交会一身，固然不免冲突，须做抉择。

但这抉择在李白而言，并不构成两难的困境，他并不择取其一作为唯一的路径，而是以磅礴不羁的生命，笼括调和了二者：投入人世，在人间展现生命的力与美，创立功业，而后功遂身退，从人间创业退回神仙的追寻，归向广漠之野、寥廓之虚。“功成拂衣去，摇曳沧洲傍”（《玉真公主别馆苦雨赠卫尉张卿诗》），“功成谢人间，从此一投钓”（《翰林读书言怀呈集贤诸学士》），“愿一佐明主，功成还旧林”（《留别王司马嵩》），“成功解相访，溪水桃花流”（《赠别从甥高五》），这是李白向往的生命形态，入世的功业、出世的心情在他天真烂漫的想法里得到熨帖的安排。因此，李白“步虚蹑太清”之际“俯视洛阳川”，固然与屈原《离骚》“陟升皇之赫戏兮，忽临睨夫旧乡”同有远游与眷世的起伏抑扬，但心境与排解的方式有异。屈原一落人世，再不能出，只有一往不悔地消磨在人世里；李白则于人世中仍保留自身的流动独立，在缺憾中展现另一种生命历练。

若果功业可成，人间心志得偿，那便长揖辞成功，回复仙人风姿，李白的神仙性格与人间热情都可以浩浩荡荡而又清清静静地完成。但是李白的人间际遇并不顺遂，被召入长安以后，二十年的人世风波再三造成挫伤，人间功业的落空与种种际遇引动的悲苦，使得他的神仙性格不能顺遂开展，功未成，则难以潇洒地拂衣身退。既失望于世，又不能弃世，在不能遗世的牵绊中，又有对神仙逍遥的向往，知其不可而必求。“人”身的李白如何能挣扎过这些错杂的情结网络呢？种种追寻，化作种种失望悲苦，于是，纵横飞扬的姿态里注入了沉郁悲愁的内容。李白许多诗作中的万古忧愁都要从此处掌握，而不只是消极颓废的呻吟。《行路难》云：

金樽清酒斗十千，玉盘珍羞直万钱。停杯投箸不能食，拔剑四顾心茫然。欲渡黄河冰塞川，将登太行雪暗天。闲来垂钓坐溪上，忽复乘舟梦日边。行路难，行路难，多歧路，今安在？长风破浪会有时，直挂云帆济沧海！

人间生活的富厚无法满足李白，心志开展途程的艰难，使他陷于无可奈何的穷愁中，渡水、登山，每一步履在“冰塞川”、“雪暗天”的逼仄缚限中都只是心中的动向，而不能化作具体的行动。那欲建人间功业的金剑虽已出鞘，却无可着力下手处，纵有再闪灿的剑芒、犀利的剑锋，都成徒然。仗剑行义的李白如何能安平地面对这困境？诗末挂帆渡海他去，作神仙逍遥之游，也只是一种自我疏解的想望。“梦日边”（帝都、天子左右）是对朝政人世的不能释怀，在未来每一时日皆可能叩访心魂，引动茫然悲愤之情。“大道如青天，我独不得出”（《行路难》之二），心灵的空间是逼仄的；“弃我去者，昨日之日不可留；乱我心者，今日之日多烦忧”（《宣州谢朓楼饯别校书叔云》），时日也是忧乱相续，见证着功业无成，沧海难游。《将进酒》的饮酒放歌，亦即出自这番心境：

君不见黄河之水天上来，奔流到海不复回！君不见高堂明镜悲白发，朝如青丝暮成雪。人生得意须尽欢，莫使金樽空对月！天生我材必有用，千金散尽还复来。烹羊宰牛且为乐，会须一饮三百杯。岑夫子，丹丘生，将进酒，杯莫停！与君歌一曲，请君为我倾耳听！钟鼓馔玉不足贵，但愿长醉不愿醒！古来圣贤皆寂寞，唯有饮者留其名。陈王昔时宴平乐，斗酒十千恣欢谑。主人何为言少钱，径须沽取对君酌！五花马，千金裘，呼儿将出换美酒，与尔同销万古愁！

对时间如流水般消逝的惶恐，实即是对“天生我材必有用”信念迟迟未得印证的惶恐，文字上虽仍有昂扬潇洒的姿态，散尽千金，同情圣贤，但这一高度却是从深沉郁结的悲愁中挣扎反激得来的。饮酒是这反激行为的动力凭借，借着它超越圣贤功业，轻藐人世富贵，消解万古悲愁；也借它取得与友人的沟通，慰藉寂寞。但是果能如此吗？答案是不辩自明的。饮酒只能提供暂时的逃免，何能解决生命内层的问题？李白仍然要清醒地独自领纳“万古愁”，友人丝毫分担不得。所以《月下独酌》云：

花间一壶酒，独酌无相亲。举杯邀明月，对影成三人。月既不解饮，影徒随我身。暂伴月将影，行乐须及春。我歌月徘徊，我舞影零乱。醒时同交欢，醉后各分散。永结无情游，相期邈云汉！

“无相亲”无所回避地指出孤独的面貌，举世滔滔者如是，纵有谋面握手之交，在心灵的交往上，却多是陌生的客人。悲愁的体验，别人难以契入，把酒消忧，也每是一人独自的挣扎。月与影的暂时相伴，亦不可牵动人世攀缘的情；“永结无情游”，彼此的沟通在天上云汉之间，人世的愁郁依然一人品尝。

杜甫诗云：“昔年有狂客，号尔谪仙人。笔落惊风雨，诗成泣鬼神。”（《寄李十二白二十韵》）飞扬奔腾的风姿与深沉郁勃的悲感同时蕴蓄在李白笔端，也是他生命的流露。当年被贺知章惊叹为“谪仙人”，已隐隐透露些微消息，一旦谪落人间，依旧仙人身骨，但非天上环境与际遇，仙人便成了受苦的不驯灵魂。他“飘然思不群”（杜甫《春日忆李白》），不能委屈自己、认同世人，种种性质落在不相应的人世中，固然惊采绝伦，令人侧目，却也是一种空茫的投射，永无回声。这份绝对的孤寂愁痛，大概只有杜甫了解得最深刻，《赠李白》云：

秋来相顾尚飘蓬，未就丹砂愧葛洪。痛饮狂歌空度日，飞扬跋扈为谁雄？

杜甫的了解与痛惜，应是不相应的人世给予李白的最大温慰了。

二

沉郁内敛的入世襟怀

“李杜文章在，光焰万丈长。”韩愈在《调张籍》诗中如斯赞叹太白、工部的诗歌成就。二人是唐诗苍穹中最璀璨明亮的星辰，也是唐诗苑囿中最高华绝色的奇葩。性情、风格相殊，并不妨碍两人的芬芳传扬，光辉互照。唐诗发展到李、杜到达巅峰，在我们回顾时，错失任何一位都是缺憾。在惊识李白飞扬跋扈的个人姿采之后，我们接着来访叩杜甫沉郁内敛的入世襟怀。无须比较高下，后人热衷的李杜优劣论，各执所好，以作褒贬，正是韩愈所说“蚍蜉撼大树，可笑不自量”。

以“个人姿采”、“入世襟怀”分别说李、杜，只是概要地以特色相对照。李白亦有人间关顾之情，只是投入人世之际，仍操持独特不群的个人形象；杜甫亦有个人性情，但他对社会民情温厚的关怀，更是诗中普呈的主题。所以，后人分别以“诗仙”、“诗圣”称誉李、杜。

邀月对影，举杯浇愁，但月不解饮，影徒随身，忧愁也缭绕不尽。

▲ | ◆ 宋 ● 李公麟 ■ 丽人行

此画以杜甫诗《丽人行》为题，画杨家姊妹春日出游，极尽富丽艳媚之态。诗云："炙手可热势绝伦，慎莫近前丞相嗔。"讥讽杨氏兄妹的专宠跋扈。

“诗圣”的称誉可有两方面的意义，一则称其关顾生民的情怀，一则称其艺术手法的炉火纯青。先论前者，这份情怀扣连着杜甫的际遇、时代的变迁，展现于诗歌咏叹中。

太白生后十一年，杜甫降生。他少小多病，生母早逝，寄养于姑母家，贫病并不妨碍他豪迈的意气，其《壮游》诗中回忆：

往昔十四五，出游翰墨场。斯文崔魏徒，以我似班扬。七龄思即壮，开口咏凤凰。九龄书大字，有作成一囊。性豪业嗜酒，嫉恶怀刚肠。脱略小时辈，结交皆老苍。饮酣视八极，俗物都茫茫。

他年少即以才高气壮自豪。祖父杜审言为初唐重要诗人，所传下的诗文家风，对杜甫应有所影响。二十四岁时，可惜举进士不第，算是人世的第一个小挫折吧，幸未带来太多阴影。他东游齐、赵，快意八九年，过着“裘马颇清狂”的生活。与李白逢识，即在天宝三年，杜甫三十三岁。此时存诗不多，尚无特殊成就。《望岳》颇见豪情：

岱宗夫如何？齐鲁青未了。造化钟神秀，阴阳割昏晓。荡胸生层云，决眦入归鸟。会当凌绝顶，一览众山小。

东游归来，重到长安。天宝六年，玄宗诏令天下凡有一艺之长者皆至京候选，杜甫应试。结果却无人被录取，这场政治上的游戏在李林甫上表恭贺“野无遗贤”的谄佞声中结束。此后，杜甫生活陷入穷困，为了生活的安顿，为了自我能力的肯定，更为了政治抱负的施展，不得不随俗干谒，试图从科举之外另觅一条自荐之途。李白当年亦曾“遍干诸侯”，虽终不得试用，却以他的文才侠气换得对方的惊叹。杜甫则连后一慰安也无，在他的自省中，生活是一连串噩梦：“朝扣富儿门，暮随肥马尘。残杯与冷炙，到处潜悲辛。”（《奉赠韦左丞丈二十二韵》）原先抱持的治世怀抱——“自谓颇挺出，立登要路津。致君尧舜上，再使风俗淳”（同上），在现实的对照中，便成了可笑的愚痴。“许身一何愚？窃比稷与契”（《自京赴奉先县咏怀五百字》），“愚”字含有无限辛酸。然而，明知“纨袴不饿死，儒冠多误身”（《奉赠韦左丞丈二十二韵》），他仍坚持儒冠的身份与襟怀，仍然关切朝廷的消息，于天宝九年上《三大礼赋》。玄宗奇之，然只授河西尉、右卫率府参军等折腰小吏之位。此外，他也留意到皇亲贵族的耽于宴乐、骄奢淫逸，如《丽人行》即讥刺杨贵妃兄妹；以及玄宗用兵吐蕃，百姓苦于征役，多厌兵非战，如《兵车行》即描写壮夫被召出发的悲惨情形，反映民间灾难，讽刺开边的错误：

> 车辚辚，马萧萧，行人弓箭各在腰。耶娘妻子走相送，尘埃不见咸阳桥。牵衣顿足拦道哭，哭声直上干云霄……边庭流血成海水，武皇开边意未已。君不闻汉家山东二百州，千村万落生荆杞。纵有健妇把锄犁，禾生陇亩无东西……君不见青海头，古来白骨无人收。新鬼烦冤旧鬼哭，天阴雨湿声啾啾！

生离死别的场景，荒芜寂寞的家园，白骨枕藉的边地，一幕幕凄惨画面，都是对不必要的战争的有力控诉。

天宝十四年，杜甫往奉先看望家室，有《自京赴奉先县咏怀五百字》。此诗包含了对生活的感慨以及胸怀的郁抑，对国事的忧患和对民生的痛惜，都由实际的观察体验中来，是极广极深的作品。“居然成濩落，白首甘契阔。盖棺事则已，此志常觊豁。穷年忧黎元，叹息肠内热”，这正是他无可如何，而仍跃动不已的心志。“君臣留欢娱，乐动殷胶葛。赐浴皆长缨，与宴非

▲ | 唐 · 李昭道 · 明皇幸蜀图

安禄山乱起，玄宗于天宝十五年六月避难入蜀，蜀道艰险，唐朝国运飘摇，也正处于艰难时期。

短褐……况闻内金盘，尽在卫霍室。中堂舞神仙，烟雾蒙玉质。煖客貂鼠裘，悲管逐清瑟。劝客驼蹄羹，霜橙压香橘。”玄宗君臣在骊山别馆的欢宴耽乐，是以广大民众的艰难困苦作为背景的，透露出唐室严重的危机。烟雾的虚幻，瑟音的清苦，霜雪的冷寒，都是诗人沉痛中的预言与忧患。“彤庭所分帛，本自寒女出。鞭挞其夫家，聚敛贡城阙……朱门酒肉臭，路有冻死骨。荣枯咫尺异，惆怅难再述。”贵族与百姓之间享用与付出的对比，奢佚与穷困的对比，荣枯飞沉之际，透显着人世的无限悲凉。“老妻寄异县，十口隔风雪。谁能久不顾，庶往共饥渴。入门闻号咷，幼子饥已卒。吾宁舍一哀，里巷亦呜咽。所愧为人父，无食致夭折。”在贫富不均、取予失平的社会中，诗人真切地领受到寒士的切心之痛，竟连妻儿都无力保护，生存变成毫无保障的偶然。在亲情的拗折中，诗人体念及所有百姓共同面对的困境，所有对幼子、家人、生民、国家的悲恸与忧患汇集胸中，遂“忧端齐终南，澒洞不可掇”，摩天盖地，不得疏解了。归来长安后，这十年的挣扎，仕途的失意落魄，政治社会的黑暗不平，开拓了他的眼界与胸襟，诗作沉雄有力地投注于对社会现实的关怀与讽谏。“诗圣”拥抱人世、沉郁顿挫的风格，便在悲辛忧苦中逐渐完成。

天宝十四年底，唐世表面上的升华平静终告瓦解，安史之乱起，势如野火。次年，兵陷长安，玄宗奔蜀，帝室在腥风血雨中飘摇，杜甫也与其他百姓一同身受流离颠沛之苦。先是携家至白水，再至鄜州城北羌村，闻说肃宗即位灵武，只身前往，途中遇贼，被俘回长安，困居半年。“昨夜东风吹血腥，东来橐驼满旧都”（《哀王孙》），长安已是一片胡骑纵横、人事衰残的乱离景象，杜甫感时忧国、思子忆内，而有《春望》、《月夜》、《哀王孙》、《哀江头》、《悲陈陶》等血泪之作。以《春望》为例：

国破山河在，城春草木深。感时花溅泪，恨别鸟惊心。烽火连三月，家书抵万金。白头搔更短，浑欲不胜簪。

山河仍在，草木青茏，但在“国破”的前提下，便成一片荒烟蔓草。人事的变动赋予了自然景物迥异的色彩，于是平时可亲可喜的花鸟，此时见之泣泪、闻之心悲。国家兴亡未卜，妻子重逢难逆，在极度折磨中，诗人身心俱皆憔悴。《哀江头》云：

> 少陵野老吞声哭，春日潜行曲江曲。江头宫殿锁千门，细柳新蒲为谁绿？……人生有情泪沾臆，江水江花岂终极！黄昏胡骑尘满城，欲往城南望城北。

诗中所悼念的，岂止是明皇的避蜀、贵妃的憾死？江水绵续不绝，江花荣枯轮转。大自然无有已时，而人事是变动的，繁华终归寂寞。亦有绵亘不绝，得与江水、江花抗衡者——悲情亦是永恒的花朵，眼泪是永恒的水流。

次年（至德二年）四月，杜甫逃出长安，抵达凤翔，谒见肃宗，官授左拾遗。后为营救房琯之事触怒肃宗，免官放还鄜州省亲。《羌村三首》写与妻子儿女重逢之景，其一云：

> 峥嵘赤云西，日脚下平地。柴门鸟雀噪，归客千里至。妻孥怪我在，惊定还拭泪。世乱遭飘荡，生还偶然遂。邻人满墙头，感叹亦歔欷。夜阑更秉烛，相对如梦寐。

经历劫难归来，纵使是在又一次政治挫折之后，家人得相见平安，也是乱离人世中值得欣慰的了。悲喜交集下，仍怕这是虚幻的梦境呢！此外，《北征》为长篇五古，起首写离开凤翔的依恋恍惚之情，次写途中所见满目疮痍的惨状，再写归家时妻儿的贫苦与惊喜，结以对时势的感慨和对中兴的期望。全篇抑扬开阖，波澜顿挫，极具排山倒海之力，与前述《奉先咏怀》都是后人难以追步的长篇佳构。

长安收复后，杜甫再任左拾遗，不久出为华州司功参军。此时虽无流离死亡的威胁，但生民的苦难仍然尚未止息，诗人的情怀也仍随着这些苦难而涌动难平。除了安史之乱的伤痕未复，又增加了官府强收民兵，却草菅民命的新伤。“三吏”（《新安吏》、《潼关吏》、《石壕吏》）和“三别”（《新婚别》、《垂老别》、《无家别》）叙写事实，朴直的笔墨中涵容着无尽的悲悯。如《石壕吏》云：

暮投石壕村，有吏夜捉人。老翁逾墙走，老妇出看门。吏呼一何怒，妇啼一何苦！听妇前致词：“三男邺城戍。一男附书至，二男新战死。存者且偷生，死者长已矣！室中更无人，惟有乳下孙。有孙母未去，出入无完裙。老妪力虽衰，请从吏夜归。急应河阳役，犹得备晨炊。”夜久语声绝，如闻泣幽咽。天明登前途，独与老翁别。

作者收敛起自己的议论，纯任诗中人物发展其个性。主人公在个人情感与国家需求间斟酌，然后在官方的征召下，以自愿的态度选择了踏赴战场的路途。基本上，残酷的战争摧毁了人间的幸福，人们不免有非战的情绪，在壮丁征尽后，老翁逾墙逃免，是自然合情的反应。但诗中并非单纯传达非战情绪，抗敌救国确实需人，老妇最后“请从吏夜归”，不全然出于强迫，还反映出百姓对当时军事既悲愤又投入的心理（《垂老别》、《新婚别》中尤明显）。委屈、无奈而贞刚，正是动乱时代复杂难安的人心，“三吏”、“三别”都做了成功的写实。孟棨《本事诗》云：“杜逢禄山之难，流离陇、蜀，毕陈于诗，推见至隐，殆无遗事，故当时号为‘诗史’。”杜诗自《兵车行》、《丽人行》以降，发展至“三吏”、“三别”，都是社会写实路线，反映时代的变动，审顾政治、军事、社会的得失，更体恤广大民众的身心信息。“诗史”之称的意义，在于他作为时代的见证，更在于他拥抱人世苦难的温厚胸怀。

诗人任职新兴政府，却只能坐视百姓在纷乱的政局、战局中牺牲受苦。矛盾挣扎之后，至德四年，诗人终于弃官，携家经秦州、同谷，而至成都，开始了漂泊西南天地间的生活。成都西郊浣花里的草堂是主要安栖之所，竹篱茅盖中自有诗音酒香，每为秋风所破的草堂，遂也成了后人称羡的对象。此期来往友人有严武、高适、裴冕等，杜甫多蒙他们资助。严武并拔举他为检校工部员外部，所以后人也称他“杜工部”。严武死后，杜甫离开成都，入夔州二年，完成大量诗篇。后来到湖南一带，四处浪泊，不得安顿，终客死于岳阳附近，享年五十九。此期诗作风格稍有转变，虽仍有“安得广厦千万间，大庇天下寒士俱欢颜，风雨不动安如山”（《茅屋为秋风所破歌》）等诗，时时流露推己及人、期待治世的情怀，但直接为民喉舌、反映民疾的作品渐少。在长期苦难的折磨后，老去元知万事空，诗人不再激切愤怒，转为沉郁苍凉，颇多老病无力的忧患，并在垂暮的年岁里，珍惜平淡生活的情致。如《登高》：

风急天高猿啸哀，渚清沙白鸟飞回。无边落木萧萧下，不尽长江滚滚来。万里悲秋常作客，百年多病独登台。艰难苦恨繁霜鬓，潦倒新停浊酒杯。

寥落的季节，冷清的空间，弥漫无际的是哀愁的气氛。而这片哀愁又投集在一个焦点上，那老病作客的诗人的萧飒之气，千古逼人。另如《江村》：

清江一曲抱村流，长夏江村事事幽。自去自来堂上燕，相亲相近水中鸥。老妻画纸为棋局，稚子敲针作钓钩。多病所须惟药物，微躯此外更何求？

自然乡野景物、老妻稚子共同生活的情趣，是年老诗人最后的安慰了。

杜甫在诗史上的地位，不只因他扣紧生活际遇，在诗歌中反映时代得失，流露儒者仁怀，也因他在诗歌艺术上的成就。他十分自觉地经营文字，入蜀后尤其如此，自云“晚节渐于诗律细”（《遣闷戏呈路十九曹长》）、“新诗改罢自长吟”（《解闷》之四）、“语不惊人死不休”（《江上值水如海势聊短述》），无论文字的选用、意象的塑造、语法的安排，还是音律的设计等方面，杜甫皆以其强大的驾驭能力揽辔控鞍，缓急开阖、从容如意。如“星临万户动，月傍九霄多”（《春宿左省》），其中“临”、“动”、“傍”、“多”等字眼的锤炼，精严有力。“香稻啄余鹦鹉粒，碧梧栖老凤凰枝”（《秋兴八首》之八），用回旋倒装手法，使诗句新鲜奇丽。“旌旗日暖龙蛇动，宫殿风微燕雀高”（《奉和贾至舍人早朝大明宫》）中，个别意象的密集重叠，遗其关系交代，供读者自由想象，造成整体意象的丰富壮伟。“万里悲秋常作客，百年多病独登台”（《登高》），则如罗大经所云：“万里，地之远也；悲秋，时之凄惨也；作客，羁旅也；常作客，久旅也。百年，齿暮也；多病，衰疾也；台，高迥处也；独登台，无亲朋也。十四字间含八意，而对偶又极精确。”意念极度浓缩凝练，精简的字句传达丰富诗意。“路经滟滪双蓬鬓，天入沧浪一钓舟”（《将赴荆南寄别李剑州》），一边是滟滪大石与沧浪大水，一边是小而无力的飞蓬之鬓与一叶扁舟，景物极大与极小的对比，由大入小的压缩，带动空间流动之感，诉说了苍茫与漂泊。“杖藜叹世者谁子？泣血迸空回白头”（《白帝城最高楼》），以拗折艰涩的声律，传达郁愤悲苦的心境，在不可救的拗法中，内容也横抑奇崛，不是平常稳顺的心情了。上引诸例，在在可见杜甫在艺术形式上的自觉。他的诗歌固然也有清新自然之作，但大多倾向雕饰锻炼，与李白倾向浑然天成不同。王安石即曾指出：“诗人各有所得。‘清水出芙蓉，天然去雕饰’，此李白所得也。‘或看翡翠兰苕上，未掣鲸鱼碧海中’，此老杜所得也。”

天然自成佳境，李白以天分胜，故后人难于模仿；锻炼以臻老成，杜甫以才力胜，故作品颇耐分析学习，对后世诗人也有指引之功。杜甫遂隐然成为后世诗宗，宋“江西诗派”垄断两宋诗坛，受工部影响最深，《瀛奎律髓》中即有“一祖三宗”（“一祖”指杜甫，“三宗”指黄庭坚、陈师道、陈与义）之说。

唐代盛行的诸种诗体中，古诗不受声律、对偶等限制，最驰骋逸兴、放浪豪情；乐府沿用汉、魏旧题，在文人手中，实类似五七言古诗；绝句短小佳妙，重在天然灵动，取眼前景、口头语，而有弦外音、味外味；律诗则研炼音律，稳顺声势，讲求对仗，建立严明的法度，不可差犯，企图通过精严体势的要求，在有限的文字结构中建立一完整自足的小宇宙。各种诗体有其不同的性质倾向，与诗人性情隐然相呼应。李白飞扬飘逸，长于古、绝、乐府，而弱于律诗。杜甫沉郁顿挫，正与律诗的内敛倾向相应，而能骋其才思笔力，为律体创新惊绝规模，无才不有，无法不备；于其他诗体，也每以律体笔法从事，而另成新貌。

杜律以七言成就尤大。当时诗坛并未特别重视七律，多投注心力于绝句与五律，经杜甫的耕耘，七律得到充分的发展，而成为晚唐以迄明、清历代诗人极其重视的诗体。杜甫在七律正格的表现，除却能属对工整、声势稳顺，合乎律法要求，更能于限制中骋其才力，化去限制的痕迹，解除束缚，而从容回旋、开阖跌宕，自成天地。《秋兴八首》最为代表，其一曰：

> 玉露凋伤枫树林，巫山巫峡气萧森。江间波浪兼天涌，塞上风云接地阴。丛菊两开他日泪，孤舟一系故园心。寒衣处处催刀尺，白帝城高急暮砧。

首联自夔州秋景起兴，点明时地，满纸秋意，有无端萧飒伤残之感。颔联紧承首联，极写萧瑟，以眼前景物为主，将诗境开拓至极大极壮，感慨隐于文字背后。颈联则转写情怀，由盛大之景收合至自我与身旁菊、舟，并因对往日、故园的回忆，而有时间上的开展。尾联写游子凄寒之感、思乡之情，由一己推开向高远的空间，寒衣记时，白帝记地，仍回扣首联的夔府清秋。全诗自成完整结构。此外，杜甫且打破声律，另辟变体，以不合之平仄（拗黏、拗对、拗调或古调）创作拗律，其中尤以“吴体”最为殊绝。吴体为兼有拗体（拗对、拗黏）与两句以上古调之七律，苦涩的声气造成苍莽突兀的风格。如《白帝城最高楼》云：

城尖径昃旌旆愁，独立缥缈之飞楼。峡坼云霾龙虎卧，江清日抱鼋鼍游。扶桑西枝对断石，弱水东影随长流。杖藜叹世者谁子？泣血迸空回白头。

全诗多用古调，不合律体平仄谱式，而于对句以第五字用平声救转，称为大拗大救之法。

杜甫开阖顿挫、无论正变的诗篇，一则呈显了诗人沉老郁伊的心境，一则呈显了诗艺园地上诗人始终壮盛有力的身影。他挥动椽笔，兼该众美，开辟出最辽阔繁富的诗坛盛景。

三

宁静远举的自然清音

盛唐诗歌，除李、杜分别以飞扬或沉郁的生命缔构其诗文艺术，留下惊采绝伦的成绩外，尚有无数诗人以其高才胜情致力于诗歌创作，共同蔚成诗坛的葱茏。其中，以自然诗与边塞诗为两大主流。

自然诗派沿承六朝山水诗、田园诗的系统，以五言诗体为主，既写自然美景，也咏田园生活。但他们不同于颜、谢游玩山水，巧构形似之言，去描摹山水的面貌；也不同于陶渊明罢官归来，躬耕田圃，以朴质的文字传递生命安顿的喜悦。自然派的诗人写景，不满足于模山范水，而要掌握山水间的清意佳境；写田园，无关乎实际农稼生活的苦辛，而强调与世无争、自成高格的心境。所以通常称之为自然诗人，以别于颜、谢之山水，渊明之田园，重要作家有王维、孟浩然、储光羲、韦应物、刘长卿、柳宗元等。

王维人称“诗佛”，在诗史上标举着闲澹的身姿。这主要是他中年以后的修持转变，年少的王维也曾激切狂热过。他兼精音乐、绘画，能看出奏乐图中的乐工正在演奏《霓裳曲》第三叠第一拍，有人召集乐工加以检验，竟无不合。又传说王维未冠时，参加京兆府试，先通过岐王引介，以伶人身份进谒公主，为奏琵琶新曲《郁轮袍》，并献诗卷。公主十分赏爱他的诗、乐造诣，于是召试官来府，王维终以解头（榜首）登第。唐人盛行干谒之风，这段传说或许属实，正可以看出他也有激进放浪的时期，与《旧唐书》本传所载相呼应："维以诗名盛于开元、天宝间，昆仲宦游两都，凡诸王驸马、豪右贵势之门，无不拂席迎之。宁王、薛王待之如师友。"王维以其诗、画、音乐能力，随俗干取功名，也不必因此特别菲薄他的品格。以此对照他中年以后的转变，则可想见其间必然存有挣扎，更能体会他由缤纷繁华归向素澹闲静的愿力与心情。

王维生活态度转变的关键有二。一为开元二十年左右丧妻。王维时年约三十，即不再娶，虔心礼佛（故字摩诘），逐渐收敛外放的心志。另则为安史之乱所受的委屈挫折。安禄山兵破长安，维出走不及，被俘，禄山素爱其才，迫为侍中。乱平，以曾任伪职下狱论罪，幸有《凝碧池》诗证明他的伤忧无奈，弟王缙又自请削官赎兄罪，于是减罪贬官，结束这一场灾难。此后，王维便开始了这样的生活："晚年长斋，不衣文彩……斋中无所有，唯茶铛、药臼、经案、绳床而已。退朝之后，焚香独坐，以禅诵为事。"（《旧唐书·王维传》）在人世风波之后，王维以清明的理念指导生活，收敛起曾经飞跃的浮华豪情，外人看来，或许觉得过于自苦，但他却从这一内敛的改变中寻得安平与喜悦。

王维早期激切入世的情怀也表现在诗歌中，如《陇头吟》：

长安少年游侠客，夜上戍楼看太白。陇头明月迥临关，陇上行人夜吹笛。关西老将不胜愁，驻马听之双泪流。身经大小百馀战，麾下偏裨万户侯。苏武才为典属国，节旄落尽海西头。

诗人通过边塞题材，结合了建功立业的豪情、功赏未称的不平，与对坎坷命运的慨伤。诗人的心血是温热而涌动的，而诗中透露的挫折与冷淡的弃置，使他逐渐冷凝。《凝碧池》诗云：

万户伤心生野烟，百官何日再朝天？秋槐花落空宫里，凝碧池头奏管弦。

安禄山破两京，大宴凝碧池，悉召梨园乐工奏乐，乐工皆泣下。时王维被俘在洛阳，闻之悲痛而作，可见他亦有感于家国的变乱。只是官场难以自主，他皈依佛学与自然，以求生命的安顿。另如脍炙人口的《送元二使安西》：

渭城朝雨浥轻尘，客舍青青柳色新。劝君更尽一杯酒，西出阳关无故人。

此为早期送别之作，离情依依，颇见伤情，也因它的殷勤真挚、余情缠绵，所以付诸管弦，《阳关三叠》成为世人一再吟咏的送别曲。中年以后送别，不再谈情感的牵系，而替以通达平静的了悟：

下马饮君酒，问君何所之？君言不得意，归卧南山陲。但去莫复问，白云无尽时。（《送别》）

白云无尽，是送别当时双方的无所牵挂，也是对方归卧南山后的自然意趣，更是王维胸中云起云落的随缘从容。

王维晚年长斋礼佛、归隐辋川的心境，如《酬张少府》诗中自云：

晚年惟好静，万事不关心。自顾无长策，空知返旧林。松风吹解带，山月照弹琴。君问穷通理，渔歌入浦深。

在冷静反省中，察觉无力参与人世的建设，于是收束对外物万事的关心，以避免徒然的激切涌动，既无助于事物本身，又扰乱了自己。而安顿自己是唯一可着力的事情了，从激切归向宁静，从逼仄跳向旷远，从陷溺超于高举，便与自然的松风、山月一同作息，去参知那深浦渔歌所透露的境界吧。《终南别业》一诗中所谓的“行到水穷处，坐看云起时”，即是放下执着后的自处之道。在穷尽逼仄中起死回生，为自己心灵保留回旋悠游的空白，平静地等待另一新的开展，也就没有阮籍一般“时率意独驾，不由径

路，车迹所穷，辄恸哭而反”（《晋书·阮籍传》）的陷溺波动了。以从容随缘的心境观照外物，则万物自足自安；安排生活，则生活是一片自在喜悦。大自然在静默无言中运转，宁静和谐里蕴蓄着恒健不息的动力，动静、语默，乃至有无、开落等相对的概念，在真实的体验里原来并不必然相斥，可以交融共存。王维许多五绝小诗最能传达这样的境界，如：

> 空山不见人，但闻人语响。反景入深林，复照青苔上。（《鹿柴》）
>
> 独坐幽篁里，弹琴复长啸。深林人不知，明月来相照。（《竹里馆》）
>
> 木末芙蓉花，山中发红萼。涧户寂无人，纷纷开且落。（《辛夷坞》）

它们都是《辋川集》中的作品，《辋川集》为王维与裴迪题咏辋川别业

▼ | ◆唐 ● 王维 ■ 山阴图卷

中唐以后，国势日衰，社会风气渐趋澹远清苦，不喜堂皇富丽的色彩，王维的水墨山水画受到广泛的欢迎。苏轼称赞道：“味摩诘之诗，诗中有画；观摩诘之画，画中有诗。”

▲ | 近现代 · 溥心畬 · 王维《鹿柴》诗写意

景物的诗，都采五绝体式，共二十首。表面上他们吟咏的是山谷园亭等景物，实际上他们是通过景物传达自己游止其间所体悟的境界，这景物的境界也就是他们所用以安顿此生的境界。境界空灵玄虚，不直接作概念的陈述，而以日影的跃动、青苔的滋长、月色的流转、芙蓉的开落等意象来呈显。所以这些作品迥异于玄言诗的直露无味，也异于山水诗的遥隔旁立，但取景物形貌而已。与渊明田园诗虽同为情景交融、呈显境界之作，仍有所异。渊明佳处偏向于对人的活动无心无求、顺任自然的描写，如“采菊东篱下，悠然见南山”（《饮酒》），“晨兴理荒秽，带月荷锄归”（《归园田居》）；摩诘佳处则偏向于对时空情境的掌握。东坡曾云：“味摩诘之诗，诗中有画；观摩诘之画，画中有诗。”（《书摩诘蓝田烟雨图》）要从此处体会，才有意义。否则一切写景咏物诗，皆诗中有画，一切写意山水画，皆画中有诗了。

自然派诗人的另一典型为孟浩然。若说王维是由动之静，由少年得意、富贵繁华中抽退，以淡泊恬静自守；则孟浩然是静中思动，不得，唯有复守沉寂。浩然初隐鹿门山，读书赋诗，悠然自适；年四十始游京师，展开入世的途程。他在文坛上颇得称赏，王维、张九龄都与他交好，但仕途不顺。应进士落第，山南采访使韩朝宗想代为引荐于朝廷，与他约好日期，他却与故人豪饮失约，性格上的放诞也是失意的要因。传说中，他在王维内署巧遇玄宗，却以“不才明主弃”（《岁暮归南山》）触怒对方，断失仕进。事虽不可信，而“不才明主弃，多病故人疏”，“欲济无舟楫，端居耻圣明”（《临洞庭湖上张丞相》）等诗句确实流露出功名失意、愤懑无奈的心情，以此心情重归田园，也就不免有寂寞的感伤了。《留别王维》一诗最能见出：

寂寂竟何待，朝朝空自归。欲寻芳草去，惜与故人违。当路谁相假，知音世所稀。只应守寂寞，还掩故园扉。

怀寂寞之感，却也不妨碍孟浩然与山水田园的结合，在渊明的委心乘化、摩诘的闲静和谐外，浩然的诗境是清刻的，隐有未平之气未尽消融于自然景物的陶冶中。如：

山暝听猿愁，沧江急夜流。风鸣两岸叶，月照一孤舟（《宿桐庐江寄广陵旧游》）

移舟泊烟渚，日暮客愁新。野旷天低树，江清月近人。（《宿建德江》）

潮落江平未有风，扁舟共济与君同。时时引领望天末，何处青山是越中？（《渡浙江问舟中人》）

舟行漫游，是他实际拥有的行程，尽管有江南旖旎、钱塘怒潮的背景，江清帆孤始终是诗人自觉中“我”与自然天地的关系。虽有“寂寂竟何待”

的不安，但诗人仍然珍惜乡野人情的美好。《过故人庄》曰：

故人具鸡黍，邀我至田家。绿树村边合，青山郭外斜。开轩面场圃，把酒话桑麻。待到重阳日，还来就菊花。

青山田圃、桑麻菊花，都是田园生活中亲切在目的景物，农作物不只是景物而已，更是血汗灌溉、相亲相倚的朋友。此诗平淡朴实，有些近似陶渊明。

盛唐喜爱以山水田园为题材的诗人甚多，除王、孟外，其他诗人也各有可观，只是或者存诗无多，或者诗笔不逮，所经营传达的情境大抵出入王、孟，而难与二人抗衡。

储光羲曾隐于终南山，诗多描写田园生活，他虽也以隐居作为追求功名的方式，但诗中的农夫樵子、渔父牧童却全无烟尘气，如《田家杂兴八首》之八：

种桑百余树，种黍三十亩。衣食既有馀，时时会亲友。夏来菰米饭，秋至菊花酒。孺人喜逢迎，稚子解趋走。日暮闲园里，团团荫榆柳。酩酊乘夜归，凉风吹户牖。清浅望河汉，低昂看北斗。数瓮犹未开，明朝能饮否？

此诗写农家耕田种桑，辛勤有得之余，在“日夕寒风来，衣裳苦不早”（《田家杂兴八首》之六）的忧患之外，亲友欢会，家居和乐，安处于天地之间，朴质有情。

韦应物的心路历程与王维相似。他早岁得意，安史之乱后折节读书，放意山水。其诗境的高雅闲澹也近于王维，如《寄全椒山中道士》：

今朝郡斋冷，忽念山中客。涧底束荆薪，归来煮白石。欲持一瓢酒，远慰风雨夕。落叶满空山，何处寻行迹？

▲ | • 宋 • 马远 • 寒江独钓

一叶扁舟，一袭蓑衣，在苍茫的背景里，正是“孤舟蓑笠翁，独钓寒江雪”的诗境。

山中道士的形象已极清净，朝夕风雨的凄寒、窈窕僻远的行程，又把诗境凝塑得高远而不凄苦，因有一点人情的感念温暖流转其间。一时寻访不遇，但见落叶寂静地覆满山野，诗境便随着视线往外拓展，可供辽远地遐思冥想了。

刘长卿自称“五言长城”，五律、五绝皆有佳构。他以孤介刚直的性情面对自然景物，除了“秋草独寻人去后，寒林空见日斜时”（《长沙过贾谊宅》）的孤伤外，同时也成就一种孤而不伤的诗境：

苍苍竹林寺，杳杳钟声晚。荷笠带斜阳，青山独归远。（《送灵澈》）

日暮苍山远，天寒白屋贫。柴门闻犬吠，风雪夜归人。（《逢雪宿芙

蓉山主人》)

泠泠七弦上，静听松风寒。古调虽自爱，今人多不弹。(《听弹琴》)

独归青山，苍茫的暮色中，踏上杳深的路途，唯草笠上一抹即将消逝的斜阳余晖兀自恋恋，那是上人孤独的背影。而风雪寒夜中，叩门求宿的是孤独的自己。《松入风》的琴曲已少知音，“松风寒”的意象写古调的寂寞，也是不与俗同的诗人的孤高。

柳宗元已属中唐，虽与韩愈交善，但诗风有异。他基本上沿承王孟诗派而稍有转变。经历政坛上的起落，柳宗元始终无法释解愤懑愁怨，虽放浪山水间，以诗文自娱，却只是一时逃避，掩藏起痛苦挣扎，以求山水清境的慰安。然其笔下的山水仍透露出一丝丝线索：

渔翁夜傍西岩宿，晓汲清湘燃楚竹。烟销日出不见人，欸乃一声山水绿。回看天际下中流，岩上无心云相逐。(《渔翁》)

千山鸟飞绝，万径人踪灭。孤舟蓑笠翁，独钓寒江雪。(《江雪》)

绝对洁净的境地，不允许人世烟尘的沾染，也拒绝了人世温情的接触。固然可以享有欸乃一声、山水绿意全然环拥而来的饱满，更多时候，渔翁却是独守一片冰心，独自品味绝对的冷峭境界。

山水田园的题材，在自然派诗人手中，获得充分的发展，无论是王维的静谧、孟浩然的寂寞、储光羲的朴质、韦应物的高远、刘长卿的孤寒，还是柳宗元的冷峭，乃至其他不胜列举的诗人，都各自成就了一片风景!

四

慷慨悲凉的边塞豪情

唐朝开国，蓄积了富厚的国力，固然带给中土百余年的繁华升平，边地的纷争却连绵不已，几乎与唐世共终始。根据史料，黄帝即曾北逐荤粥（即后来的匈奴），此后，征边御侮一直是历朝军政要务。唐帝尤好边功，与吐蕃、突厥、回纥、高丽、党项、契丹等战争频繁。于是，战争结合了边塞雄奇的风光、爱国杀敌的壮志、跃马广漠的豪情、残酷惨烈的厮杀、芦管胡月的乡思……成为诗人吟咏的重要题材。许多诗人赴边从军，亲自体验边地生活与战事，在鞍马风尘间往来，笔下自然也是一片风云卷舒之色、骏马奔腾之声。纵使是不参与边战的诗人，缘于爱国的豪情与对战争的反省，也能写出深刻真切的作品。边塞诗中最具特色，最能与诗情结合，表现慷慨悲凉之音的诗体为七言歌行。五言诗温润圆熟，为自然诗派诗人所普遍采用，承继六朝基础，抒写对自然天地的观照与体验；七言诗浪漫回折，为新兴诗体，正切合边塞题材的驰骋发挥；而歌行体能自由变化，远较内敛拘束的律体为边塞诗人所喜爱。

战争在遥远的边地进行，但那转战久戍的士卒、千里运送的辎粮，莫不征集自全国各地。边战全面影响着唐朝的军政、经济与社会，也全面牵引着唐人的爱国情操与人道关怀。所以，李白望月，不禁有“由来征战地，不见有人还”（《关山月》）的悲感，并通过《秋歌》、《冬歌》传达对于闺人思念征夫之情的悲悯；杜甫目睹了征召民兵时“牵衣顿足拦道哭，哭声直上干云霄”（《兵车行》）的场面，不禁检讨朝廷边战政策的得失功过，沉痛地呈显它的负面意义；即使是宁静奉佛的王维，也曾有过“孰知不向边庭苦，纵死犹闻侠骨香”（《少年行》）的忠勇情操。至于岑参、高适、王昌龄等人，更是投身疆场，以豪放不羁的性格掌握边塞的风色，反映战地的现象与将士的心情，创作出许多动人的边塞诗篇，在诗歌史上展放异彩，成为典型的边塞诗人。

岑参生逢玄宗时代，唐朝国力到达巅峰，对外战事频仍。他以“功名只向马上取，真是英雄一丈夫”自许，向往边塞报国功业，跋涉艰难，“累佐戎幕，往来鞍马烽尘间十余载，极征行离别之情，城障塞堡，无不经行”（《唐才子传》）。新奇荒寒的边塞风光和惊心动魄的战地生活成为他主要的诗材，也凝塑成矫劲的诗风。《白雪歌送武判官归京》和《走马川行奉送封大夫出师西征》可为代表。

北风卷地白草折，胡天八月即飞雪。忽如一夜春风来，千树万树梨花开。散入珠帘湿罗幕，狐裘不暖锦衾薄。将军角弓不得控，都护铁衣冷犹著。瀚海阑干百丈冰，愁云惨淡万里凝。中军置酒饮归客，胡琴琵琶与羌笛。纷纷暮雪下辕门，风掣红旗冻不翻。轮台东门送君去，去时雪满天山路。山回路转不见君，雪上空留马行处。

（《白雪歌送武判官归京》）

中原岁暮亦有霜雪，如祖咏《终南望馀雪》云："终南阴岭秀，积雪浮云端。林表明霁色，城中增暮寒。"那是秀柔的美感与微薄的轻寒。边塞的大雪啊，是奇伟的美，是冰裂的冻，美如万树梨花一夜乍开的绝丽，冻得瀚海成冰、愁云凝遏。诗人以奇绝大胆的想象与夸张，铿锵有力的音韵和气势，传达异地景观，也流露了足与大雪抗衡的奔放情感。

君不见走马川行雪海边，平沙莽莽黄入天。轮台九月风夜吼，一川碎石大如斗，随风满地石乱走。匈奴草黄马正肥，金山西见烟尘飞，汉家大将西出师。将军金甲夜不脱，半夜军行戈相拨，风头如刀面如割。马毛带雪汗气蒸，五花连钱旋作冰，幕中草檄砚水凝。虏骑闻之应胆慑，料知短兵不敢接，车师西门伫献捷！（《走马川行奉送封大夫出师西征》）

狂风怒吼，沙石乱舞，在此诗人不仅写异地景观，更借以呈显战士行军的艰苦与纪律的严整。军队在黑夜中顶着风沙向前挺进，凝静的队伍偶尔传出兵器碰击的声音，行程固然辛苦，但士气仍是昂扬。全诗句句用韵，三句一转，急促跌宕的声调正能表现如刀的风势与行军的步履。

《逢入京使》所传达的思乡情怀，是岑参边塞诗的另一主题：

故园东望路漫漫，双袖龙钟泪不干。马上相逢无纸笔，凭君传语报平安。

在以奔放的豪气迎向荒寒的天候与艰苦的战事之余，诗人也留意到久戍厌战的军心。这一顾念，豪放之气便不能不化为龙钟泪下的无奈，"平安"的口信虽然简略，却是千里悬念的家人最热切盼望的消息。

高适向与岑参并称，风格相近，怀抱亦同，"万里不惜死，一朝得成功……

大笑向文士，一经何足穷”（《塞下曲》）的自期，使他辞去封丘小吏，投到河西节度使哥舒翰幕下，开始了十分顺遂的政治生涯。几任节度使的官职，让他熟习边塞，并能深刻体恤士兵在豪情之外的悲凉。如《营州歌》：

营州少年厌原野，狐裘蒙茸猎城下。虏酒千钟不醉人，胡儿十岁能骑马。

写边塞人物的豪迈矫健，诗人很精当地选择了骑马、射猎、饮酒三个意象，生动真实而有情味。《燕歌行》则是对征戍汉军的省顾，自序云：“开元二十六年，客有从元戎出塞而还者，作《燕歌行》以示适。感征戍之事，因而和焉。”其中既见慷慨豪情，又有沉厚的悲凉：

汉家烟尘在东北，汉将辞家破残贼。男儿本自重横行，天子非常赐颜色。摐金伐鼓下榆关，旌旆逶迤碣石间。校尉羽书飞瀚海，单于猎火照狼山。山川萧条极边土，胡骑凭陵杂风雨。战士军前半死生，美人帐下犹歌舞。大漠穷秋塞草腓，孤城落日斗兵稀。身当恩遇常轻敌，力尽关山未解围。铁衣远戍辛勤久，玉箸应啼别离后。少妇城南欲断肠，征人蓟北空回首。边庭飘飖那可度，绝域苍茫更何有！杀气三时作阵云，寒声一夜传刁斗。相看白刃血纷纷，死节从来岂顾勋？君不见沙场征战苦，至今犹忆李将军。

诗人深刻探触了边塞军旅生涯内的三个基本问题。其一，面对着顽强的敌人，军士们陷入困境，一个个丧失生命，却“力尽关山未解围”。已死者的生命都成虚掷，未死者的奋力也成挥霍，“身当恩遇常轻敌”的忠勇，并未建功立业，只完成了一个悲壮的姿势。其二，边功的开拓建立在无数家庭的离分、情感的摧残上，边地与深闺间的相思空茫而不可断绝，这情感的缺憾真实盘踞在每一位士兵的心中。其三，战士出生入死，强忍相思，将领们却歌舞享乐，腐化无能，强烈的对比令人愤愤难平，唯有渴盼良将出现，结束战争，结束如此苍茫的军旅生涯，但也只是难以实现的期望。诗中兼有豪放、悲壮、苍凉的风格，显示了作者的气度襟怀与反省批判能力，精彩动人。

李颀的《古从军行》与高适的《燕歌行》相近，检讨了战争的苦难。

白日登山望烽火，黄昏饮马傍交河。行人刁斗风沙暗，公主琵琶幽怨多。野云万里无城郭，雨雪纷纷连大漠。胡雁哀鸣夜夜飞，胡儿眼泪双双落。闻道玉门犹被遮，应将性命逐轻车。年年战骨埋荒外，空见蒲桃入汉家。

战争的双方都是受害者，汉家出塞的公主、远戍的征人备尝艰险，胡雁胡儿也同蒙悲苦。那么，苦难的双方何以争战不歇呢？爱国情操支持着献身的行为，但是只换来“空见蒲桃入汉家”的结果，舍身为国的忠勇固然值得肯定，但论其价值意义，就令人叹息了。

上述诗人以歌行体处理边塞风雪与战地生活，开阖变化，自由纵态，十分可观。另有一些边塞诗人则在绝句上见其惊采成就，如王昌龄、王之涣、王翰，以及中唐以后的李益、陈陶，都以绝句名篇著称于世。绝句短小，诗人在一首诗中通常只择定一个主题，以七言句法能产生的丰富效果加以呈显，主题单纯却不减其悲壮苍凉的感染力。他们使用七绝，犹如王维善用五绝的温雅轻灵来写心境体验一般，各得其所。

请缨杀敌，远赴边塞，所有将士的心志都凝聚在共同的目标上，即克敌制胜。在胜利的成果中，国家的忧患才得解除，个人的慷慨豪气才得到最后的完成，久战的艰苦也才得到慰安。试看王昌龄的两首《从军行》：

青海长云暗雪山，孤城遥望玉门关。黄沙百战穿金甲，不破楼兰终不还。（其四）

大漠风尘日色昏，红旗半卷出辕门。前军夜战洮河北，已报生擒吐谷浑。（其五）

战地愁惨，战士的心情不免有低怛的时刻，但是坚贞的情操与豪壮的气度终究是男儿本色。在迈向胜利的艰辛路途上，他们是绝不脱逃的英雄，偶尔传来得胜的消息，便为昏暗的边地带来喜悦的春天。

胜利的消息仍然遥远，漫长时岁消逝了，胡地悲凉的景观牵引着征人思乡的情怀，青青边愁滋蔓无限，真切无可回避：

琵琶起舞换新声，总是关山旧别情。撩乱边愁听不尽，高高秋月挂长城。（王昌龄《从军行》其二）

黄河远上白云间，一片孤城万仞山。羌笛何须怨杨柳，春风不度玉门关。（王之涣《凉州词》）

回乐峰前沙似雪，受降城外月如霜。不知何处吹芦管，一夜征人尽望乡。（李益《夜上受降城闻笛》）

琵琶、羌笛、芦管是胡地的乐器，回乐高峰、受降孤城是边塞景观，在冷月风沙中翻搅不安的是那满营思乡的心魂，永远领受不到春的温润，只有秋冬的凄寒肃杀。真实的季节如此，心灵的节候更是如此。

闺中少妇不知愁，春日凝妆上翠楼。忽见陌头杨柳色，悔教夫婿觅封侯。（王昌龄《闺怨》）

誓扫匈奴不顾身，五千貂锦丧胡尘。可怜无定河边骨，犹是深闺梦里人。（陈陶《陇西行》）

中土的家园仍有春天，年轻的妻子在美丽的春景里，惊觉人事的缺憾，寂寞幽怨闯进了心中，便再也不是春了。梦中短暂的聚首，有时竟是凄惨现实的反讽。诗人对战士家人的怜恤与人生难得自主的感慨，是边塞闺情诗的基调。

葡萄美酒夜光杯，欲饮琵琶马上催。醉卧沙场君莫笑，古来征战几人回。（王翰《凉州词》）

秦时明月汉时关，万里长征人未还。但使龙城飞将在，不教胡马度阴山。（王昌龄《出塞》）

战士既有杀敌报国的豪气，也有思乡无常的悲怀，种种复杂情绪交杂在胸，而造成这些情绪的事实，却都是无力自主、无法解决的问题。既不能“一夫当关、万夫莫敌”，神话式的以个人力量光荣结束战争，也不能因乡愁而舍家国于不顾、逃归乡园，又不能自保沙场上性命的安全，唯一可行的只有调适自我的姿态了。无论胜负、不求生还、不沾滞任何情感地去成就出征时短暂时刻的绝对豪放，而那纵情痛饮、故作潇洒的身影，却传递着更深刻的悲凉。这份悲凉若能等待神武的将领出现，便得化解吧！战士们怀着希望等待着，可惜唐朝的边患始终不曾止息。或许边地的悲凉与痛苦，就像那秦汉已有的明月与关城般，必然久远笃定地存在吧！

唐代薛用弱的《集异记》中记载了一段故事。开元中，王之涣、王昌龄、高适三人共诣旗亭小饮。适有梨园伶官十数人登楼会宴，奏乐讴歌，三人私约以诗入歌词之多少相较高下。不久，伶官先唱昌龄诗，次讴适诗，又歌昌龄诗。之涣甚恼，遥指诸妓中最佳者，云若非唱己诗，则终身不敢与二人争衡。至此女发声，果系之涣《凉州词》，三人大笑，结束这场非正式的竞赛。这段记载或有穿凿附会处，但七言绝句在当时已入歌乐则是事实。边塞诗人的作品反映时代、切近民心，为世人所乐于传唱，盛况自是可以想见。

第六章

瑰诡与平易的起伏姿彩

——唐诗（二）

唐·章怀太子墓壁画·观鸟捕蝉图

小引

午后与黄昏

▲ | • 章怀太子墓壁画 • 唐 ▪ 狩猎出行图

晨昏的轮替是一趟奇妙的过程。当旭日升起，开展一个新的日子，大地万物在它的照临下渐次分明。随着光热的累积增强，万物的姿采脉动也愈加活跃。中午是最灿烂的时刻，容光必照，物无遁隐，在艳阳下，所有生命得着整全的发放。过午之后，是一段平静而真实的时光，运作的脚步缓了，耀眼的光芒弱了，表现了人间平淡而真实的一面。渐入黄昏，夕阳在天，晚霞满眼，瑰丽的云彩为一日做了美丽的告别手势，正是"夕阳无限好，只是近黄昏"（李商隐《登乐游原》）。黄昏之后，又是频频有梦的夜了。

六朝梦醒之后，唐朝的一世兴衰与文坛因革，就像那清晨到黄昏的历程。

初唐奠立国基，社会日趋安定，经济日渐蓬勃，各种人文活动也相当活跃，诗人承继六朝遗风，并致力于新体诗的试验，为盛唐培蓄基础。唐的赫赫光辉累增至玄宗时到达巅峰，各方面都发挥了高度创造力，诗人们——无论李杜、王孟、高岑，莫不文采高华，各领风骚，充分展露生命的光热与美感。但玄宗时代也造成一个转折，安史之乱后，许多社会问题暴露出来，再也不得回避，有识之士省察现实，努力重振盛唐雄风。诗坛上，真实贴切地关怀民生国事的作品成为主流，平淡而真实，但似乎无法挽回国势日衰的步履。晚唐的诗风则好似向晚的云霞，瑰诡凄艳的诗风取代了平易写实的社会诗，为唐代诗坛作一美丽的结束。

看过了盛唐诗人们所缔造的正午盛景，我们继续叩访唐诗的午后与黄昏。

自唐代宗至昭宣帝亡国，约一百五十年，相当于公元八世纪中叶到十世纪初，为唐朝后期，论诗者或再二分为中唐和晚唐。整体而言，中晚唐诗承继盛唐成绩，在题材的选用、体制形式的技巧上都表现得多彩多姿，众美皆备。张籍、白居易、元稹等发挥杜甫的入世襟怀，以长律、新乐府讽

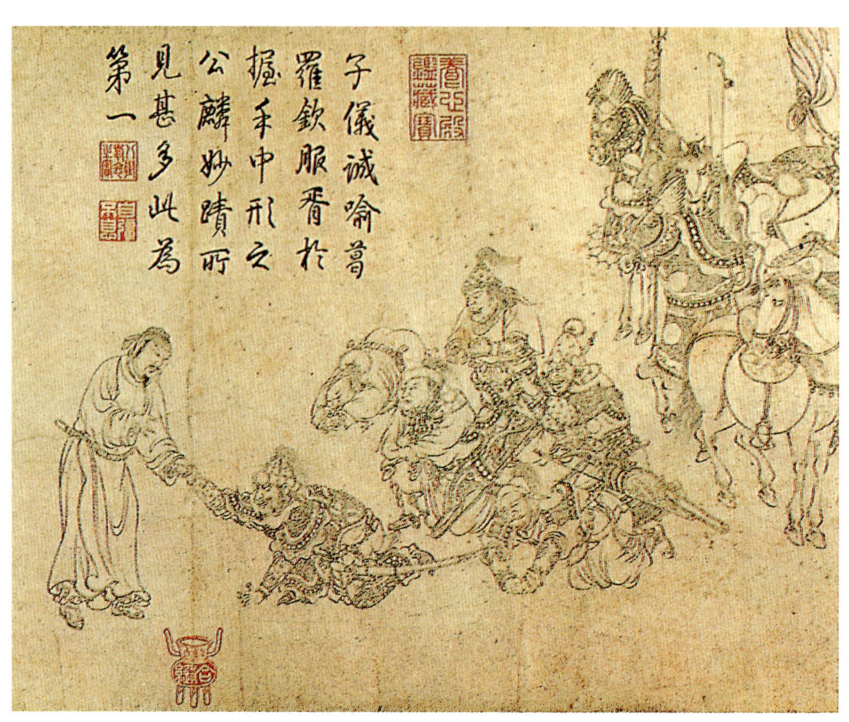

▲ | ◆北宋 ●李公麟 ■免胄图卷

唐代宗永泰元年，吐蕃、回纥、党项、羌浑、奴剌等西域番国入侵，郭子仪免胄退回纥，解泾阳之围。

论时事、关切民生，提出“文章合为时而著，歌诗合为事而作”（白居易《与元九书》）的口号，建立写实文学理论，倡导平浅易解的诗风。韩愈、贾岛、孟郊等人则强调诗歌的艺术技巧，务求文字出奇险僻，动人耳目，发扬杜甫“语不惊人死不休”的创新精神，乃至怪诞蹇涩，亦所不避，以建立个人文字特色。以上两大集团为中唐诗坛主要势力，此外，尚有韦应物、柳宗元继承王、孟传统，吟咏山水清音；李益、卢纶等赓续岑、高传统，反映边塞悲情，已见于前章。其间最大的异数应属李贺了，他孤独地行吟诗坛，多采乐府形式，于接近韩派的奇诡诗风中，独加秾丽色彩，别树一己奇特风格，宛非人间物，对晚唐诗风却有绝对深刻的影响力。

晚唐诗坛不再为白、韩两派所垄断，诗派繁杂、风格多歧，然大抵流变自盛唐大家，与中唐相承，而风格派分更加琐细。近人李曰刚先生细分七派，豪宕有杜牧等，浅俗有韦庄、罗隐等，怪涩有皮日休、陆龟蒙等，幽僻有姚合等，清雅有许浑、李群玉等，律格有朱庆馀等，典绮有李商隐、温庭筠等。各派综法前人，所受影响来源多非单一，企图有所突破、转化，共同蔚成诗坛绚丽多姿的风貌。其中，杜牧、李商隐尤为大家，擅长近体。他们面对动乱颓唐的时代，出以隐晦含蓄的语言，倾诉个人情感的沉豪与悲哀。讽喻比兴取代明白直接的陈述，艺术手法精工，辞采艳丽，诗中的身世之感、家国之思也就显得凄迷而哀艳了。后人或者讥评他们逃于色、逃于艺，并不公平，他们其实并不逃离真诚的生命所应面对的东西，若说隐晦婉转的表现也是一种“逃”，那么，也是出自末世乱时飘零身世不得已的苦衷啊！

我们若能了解元白的平易、韩孟的奇僻、李贺的冷谲、杜牧的豪艳、李商隐的深丽，也就大抵掌握了中晚唐诗的精髓。

一

平易写实的元白诗风

安史之乱后，现实的时事民生唤起诗人的注意，现实世界里存有的缺憾与不平，成为鼓动诗人创作的一大动机，张籍、白居易、元稹等人即都相当自觉地以诗歌来揭露社会的真实状况，贴切地传达人民的心声。这类带有讽喻性质的诗歌流传甚广，普遍取得世人的共鸣，成为诗人们的代表作品。

白居易在《与元九书》中肯定地提出“文章合为时而著，歌诗合为事而作”，主张诗文的意义必然建立在对时事的反映上。现实多憾，时代未安，诗人忧患家国、怜恤百姓，感受着一份悲情，“不能发声哭，转作乐府诗”，期望以文字替代消极的哭泣，发挥讽喻警惕的力量，“非求宫律高，不务文字奇，惟歌生民病，愿得天子知”（白居易《寄唐生》）。所以他们的诗歌“雅有所谓，不虚为文”（元稹《和李校书新题乐府十二首序》），都是为君、为臣、为民、为物、为事而有所感发激荡之作。白居易、元稹交谊密切，以共同的文学主

▲ | • 晚唐 • 莫高窟壁画 ▪ 张议潮出行图

张相互唱和，风靡一代诗坛。张籍秉性狷直，与元、白并无深交，反与韩愈关系密切，但诗风直承杜甫写实精神，正符元、白诗观的典型。白居易叹张籍云“举代少其伦”，“上可裨教化，舒之济万民。下可理情性，卷之善一身”（《读张籍古乐府》），其人实为杜甫与元、白之间的中坚作家。传说张籍曾取杜诗一帙，焚取灰烬，和以膏蜜，频饮之，曰：“令吾肝肠从此改易。”（唐冯贽《云仙杂记》）可见他对杜诗的偏爱。而元、白更曾大发议论，抑李白而扬杜甫，都因他们关顾民生的作风正与杜甫一脉相承。

乐府源出民间，诉说广大群众的生活与情感，与完成于文人手中的其他诗体相比，自有不同的风格。诗人从事反映社会现实的创作，自然普遍选用乐府的体式。他们或者模拟古题来讽咏今事，或者更率意地直接揭露题旨，以所讽咏之事名篇，形式虽属新创，仍沿袭古乐府的精神。此类“新乐府”的创作尤为元、白所提倡，篇无定句，句无定字，全以表达的意旨决定形式，而不受形式拘绊；文字平易流顺，易于了解传咏；指事真实直切，以收警惕戒慎的功效。元、白的新乐府运动，普遍获得响应，一时成为中唐创作主流。

现实的社会里，有劳役征戍等军政上的错误，有农家力耕的劳苦、赋敛皆尽的哀伤，更有良民在暴力欺凌下寻不着正义庇护的悲痛……诗人们一一呈显于诗中：

> 筑城处，千人万人齐把杵。重重土坚试行锥，军吏执鞭催作迟。来时一年深碛里，尽著短衣渴无水。力尽不得休杵声，杵声未尽人皆死。家家养男当门户，今日作君城下土。（张籍《筑城词》）

> 此臂折来六十年，一肢虽废一身全。至今风雨阴寒夜，直到天明痛不眠。痛不眠，终不悔，且喜老身今独在。不然当时泸水头，身死魂孤骨不收。应作云南望乡鬼，万人冢上哭呦呦……（白居易《新丰折臂翁》）

对于政府毫无节制的劳役边战、草菅人命的做法，前诗作直接沉痛的控诉，第二首则借由百姓不惜自戕折臂以求脱免兵役的自白，反应普存的厌战心理。骨碎筋伤的痛苦，风雨阴寒夜的酸楚，配上老翁仍然自喜不悔的神情，十分深刻地反映出百姓心中庞大沉重的梦魇：征兵远赴云南瘴疠之地，不再是光荣地为国杀敌的英雄作为，而是毫无意义地奔赴死亡，恐怕只能化作异乡哭泣的游魂。

张籍《征妇怨》云：

> 九月匈奴杀边将，汉军全没辽水上。万里无人收白骨，家家城下招魂葬。妇人依倚子与夫，同居贫贱心亦舒。夫死战场子在腹，妾身虽存如昼烛。

元稹《上阳白发人》云：

天宝年中花鸟使，撩花狎鸟含春思。满怀墨诏求嫔御……闺闱不得偷回避。良人顾妾心死别，小女呼爷血垂泪。十中有一得更衣，永配深宫作宫婢。御马南奔胡马蹙，宫女三千合宫弃。宫门一闭不复开，上阳花草青苔地。

在参与筑城、战争的劳役征召中，男子直接承受了苦难，在颠沛跋涉后，疲困的身心成为异地无人收葬的白骨。女子也同样领纳苦难，良人出征则日夜悬念，勉力撑持家园以待团聚；良人战殁，则一切生存的努力都毫无意义了。这不只是一人一家的苦难，是整个时代所有百姓的苦难。此外另有一种错误的征召，纯为帝王喜好，诏选天下女子，造成骨肉分离，更埋葬了三千宫女的青春与希望，生命在没有阳光的暗隅滋长着青苔。

杜陵叟，杜陵居，岁种薄田一顷馀。三月无雨旱风起，麦苗不秀多黄死。九月降霜秋早寒，禾穗未熟皆青干。长吏明知不申破，急敛暴征求考课。典桑卖地纳官租，明年衣食将何如？剥我身上帛，夺我口中粟。虐人害物即豺狼，何必钩爪锯牙食人肉！（白居易《杜陵叟》）

农人们“足蒸暑土气，背灼炎天光。力尽不知热，但惜夏日长”（《观刈麦》），但艰辛劳苦的工作，并不必然有相称的收获，天灾岁荒已是不幸，加上急征暴敛的人祸，深深啃啮人民的骨血。白居易在同情怜恤中，不禁直呼暴政为豺狼，也为自己居官领受俸禄而深觉惭愧。

鸢捎乳燕一窠覆，乌啄母鸡双眼枯。鸡号堕地燕惊去，然后拾卵攫其雏。岂无雕与鹗？嗉中肉饱不肯搏。亦有鸾鹤群，闲立扬高如不闻！秦吉了，人云尔是能言鸟，岂不见鸡燕之冤苦？吾闻凤凰百鸟主，尔竟不为凤凰之前致一言，安用噪噪闲言语！（白居易《秦吉了》）

诗作虽以鸟类世界为喻，而辞意明白，义愤喷薄。社会充满弱肉强食

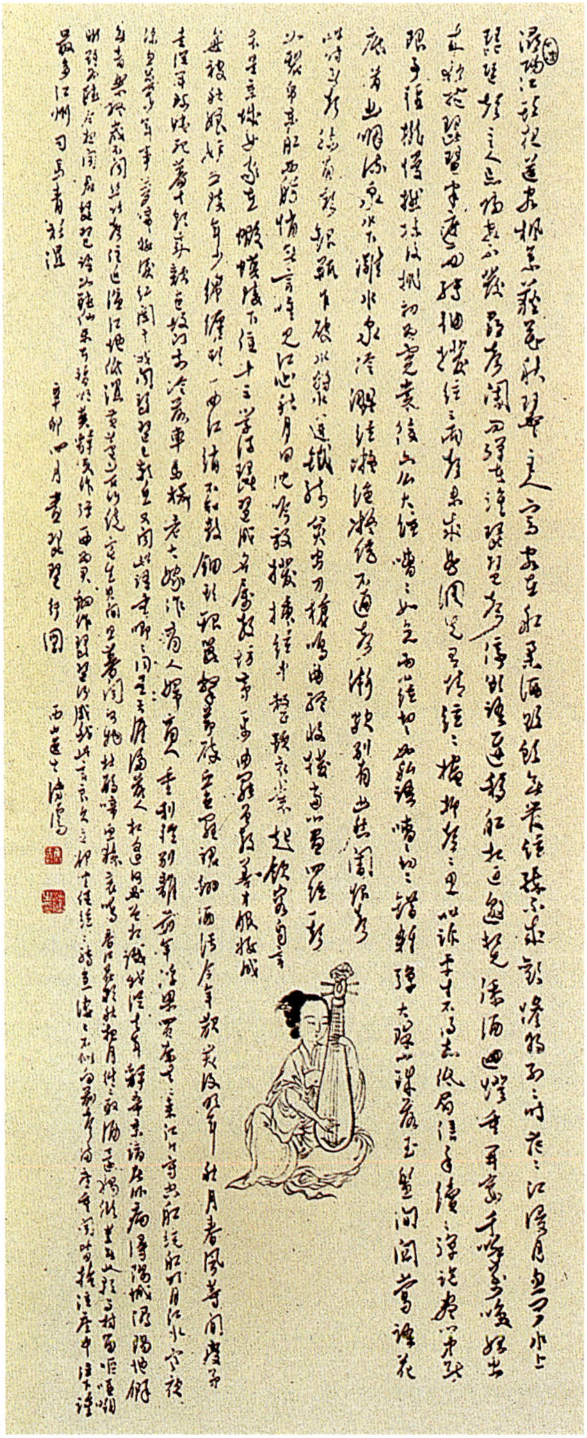

的不平现象，软弱无力的百姓在豪门官家的逼压下家破人亡，没有申冤的力量，没有正义的声音。官吏们尸位素餐，国君则在遥远的深宫高殿之上，唯一的希望是建立起帝王与百姓之间的沟通管道，能确切地反映民情，并真正地敷布君恩。秦吉了的角色是白居易对拾遗、采风之官的期许，也是对自己的期许。只是纵使有人奏知皇帝，纵使帝心恻隐，如《杜陵叟》中所云下诏免税，这迟来的恩典每每已失意义，人民压榨已尽，“十家租税九家毕，虚受吾君蠲免恩”。

白居易的两首长诗——《长恨歌》与《琵琶行》，最为脍炙人口，它们结合了叙事结构与抒情笔法，虽不直接反映民生疾苦，却道出了人心普遍存有的感情，即爱情的坚贞与沦落的悲感。《长恨歌》写唐玄宗与杨贵妃的爱情，两人的相得相欢与一般人世儿女无异，只是帝王贵妃的身份引导他们走上悲剧的路。玄宗因而荒废朝政，贵妃兄妹因而列土擅权，爱情干扰了政治，终于也毁灭于政治。当“渔阳鼙鼓动地来，惊破《霓裳羽衣曲》”，安史之乱起，玄宗西行。“六军不发无奈何，宛转蛾眉马前死！花钿委地无人收，翠翘金雀玉搔头。君王掩面救不得，回看血泪相和流！”爱情在现实世界里如此脆弱易碎，在个人心魂中却可以是坚贞不渝的。玄宗、贵妃舍离了政治身份后，纯粹的爱情便彰显出来，深刻而动人。玄宗是“蜀江水碧蜀山青，圣主朝朝暮暮情。行宫见月伤心色，夜雨闻铃断肠声”，“夕殿萤飞思悄然，孤灯挑尽未成眠”；而异域的贵妃“闻道汉家天子使，九华帐里梦魂惊”，“玉容寂寞泪阑干，梨花一枝春带雨”，许下了真挚的誓言：“但教心似金钿坚，天上人间会相见！”在现实缺憾中，双方的信守固然是一份美丽的慰安，但缺憾毕竟是缺憾，是永远无法弥补的伤痕：“天长地久有时尽，此恨绵绵无绝期。”

《琵琶行》写乐音的凄切，缩结了琵琶女的沦落与诗人的迁谪意，时间压缩在一个夜晚，背景是“枫叶荻花秋瑟瑟”的浔阳江头。一轮秋月倒映在茫茫的江水之上，琵琶的声音先铺染出幽愁暗恨的氛围，再引带出琵琶女的身世回顾。她也曾绚烂飞扬过：“五陵年少争缠头，一曲红绡不知数。钿头银篦击节碎，血色罗裙翻酒污。”而在欢笑之中，等闲过了秋月春风，终于跌落到暗淡的角隅，“门前冷落车马稀，老大嫁作商人妇”，“去来江口守空船，绕船明月江水寒”，独自品尝寂寞与悲凉。这份生命沦落的悲感联结了诗人与琵琶女，虽然江州司马与商人妇的社会地位悬殊，但在心灵的体验上，诗人全然了解而同情着对方，因为自己的谪居卧病浔阳城，也是一种沦落啊！这份人心的感通是本诗动人的一大因素。

白居易主张诗歌“根情、苗言、华声、实义”，内容与形式并重。在他的新乐府等讽喻诗中，内容居主导地位，形式方面较不突出。而在《长恨歌》与《琵琶行》中，诗人充分展现了驾驭语文的能力，文质妥善配合，成为诗人最具代表性的作品。如《琵琶行》中的音乐描写：

> 大弦嘈嘈如急雨，小弦切切如私语。嘈嘈切切错杂弹，大珠小珠落玉盘。间关莺语花底滑，幽咽泉流水下难。冰泉冷涩弦凝绝，凝绝不通声渐歇。别有幽愁暗恨生，此时无声胜有声。银瓶乍破水浆迸，铁骑突出刀枪鸣。曲终收拨当心画，四弦一声如裂帛。

诗人驰骋丰富的想象力，以各种具体的意象来形容琵琶声音的强弱缓急、抑扬顿挫，使得本属听觉的声音也具有视觉的效果，而呈现着缤纷多彩的画面。由珠玉玲珑，到花鸟流转，到冰泉冷涩，到铁骑突出，到曲终收拨，琵琶声情的变化都在其中了。

二 奇崛险僻的韩孟诗风

韩愈为唐代古文运动大师，力主以散文的形式载述道理，文辞必由己出，务去陈言，在诗歌方面也有相似的主张。他反对六朝华美诗风，不满“大历十才子”的平庸空洞，崇仰盛唐诗风，也关注社会民生，这些方面与白居易等接近。但他也不满意元、白等人通俗浅近的做法，而以奇险怪僻的艺术风格相标榜，孟郊、贾岛等人与之相互唱和，别开一派诗风。

韩愈以散文入诗，使用散文章法结构，杂言诗句参差变换，驰骋他好奇排戛的文气，略少了诗歌的温润；又喜用新僻奇特的字眼和佶屈聱牙的句法，以避免平庸通俗，造成独特艰深的效果。如《嗟哉董生行》，全用散文格式，直似一篇押韵的散文：

寿州属县有安丰，唐贞元时，县人董生召南隐居行义于其中……嗟哉董生！朝出耕，夜归读古人书，尽日不得息。或山而樵，或水而渔。

《南山诗》则连用五十一个“或”字带起语句，形容山石草木，更是诗坛仅见，其间留有模仿汉赋的痕迹：

或连若相从；或蹙若相斗；或妥若弭伏；或竦若惊雊；或散若瓦解；或赴若辐辏；或翩若船游；或决若马骤；或背若相恶；或向若相佑；或乱若抽笋；或嵲若炷灸……或如龟坼兆；或若卦分繇；或前横若剥；或后断若姤。

又传统诗句，五言以上二下三为正格，韩愈则喜用上一下四或上三下二的句法，如前引《南山诗》句与“有穷者孟郊”（《荐士》）等；七言以上四下三为正格，他则每作上三下四，如“落以斧引以缠徽……子去矣时若发机”（《送区弘南归》）。此外，他在用韵方面也力求奇效，得韵宽时偏要再泛入旁韵，出入离合，以收波澜横溢的效果，得韵窄时反而不旁出，从难中见巧思，故求险奇。这些“语不惊人死不休”的表现，有时不免矫枉过正，在僻字、拗句、险韵中征逐不返，反而失去传达的作用与诗歌的品位。影响所及，卢仝、马异、刘叉等人的作品尤其如此。但是这份务去陈言，以建立独特风格的艺术自觉，却值得肯定，种种变格新语的尝试，都探索着诗歌艺术发展的可能性，拓展着诗歌的风貌。尝试过程中作品的生涩，都是为了达到最后的和谐，当诗人能适当控制追求奇崛险僻的心理，适当地经营形式与内容，也就能创作出杰出的诗歌，体现他们在艺术追求上的独特风格。

韩愈多努力于古体诗的创作，许多诗篇如《八月十五夜赠张功曹》、《谒衡岳庙遂宿岳寺题门楼》、《寄崔二十六立之》、《山石》等，都能表现作者独特傲兀的气势和诗风。如《八月十五夜赠张功曹》：

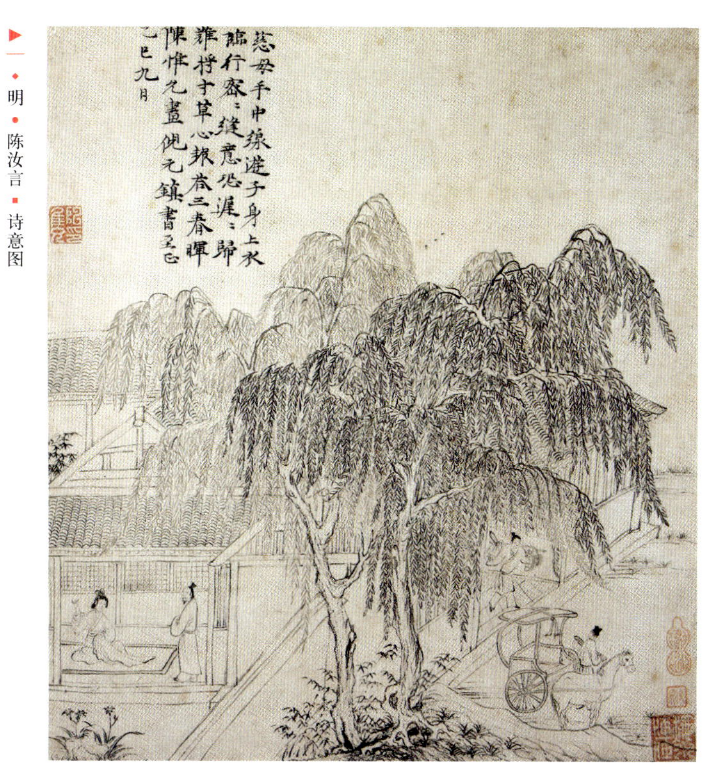

明・陈汝言・诗意图

纤云四卷天无河，清风吹空月舒波。沙平水息声影绝，一杯相属君当歌。君歌声酸辞且苦，不能听终泪如雨：“洞庭连天九疑高，蛟龙出没猩鼯号。十生九死到官所，幽居默默如藏逃。下床畏蛇食畏药，海气湿蛰熏腥臊。昨者州前捶大鼓，嗣皇继圣登夔皋。赦书一日行万里，罪从大辟皆除死。迁者追回流者还，涤瑕荡垢清朝班。州家申名使家抑，坎轲只得移荆蛮。判司卑官不堪说，未免捶楚尘埃间。同时辈流多上道，天路幽险难追攀！”君歌且休听我歌，我歌今与君殊科：“一年明月今宵多，人生由命非由他，有酒不饮奈明何！”

诗中假设与张功曹的唱答，诉说远谪官吏的际遇与心境，已是无限酸楚；加上朝廷大赦的恩泽不能下达，地方官吏擅权弄威，正直的谪官依然羁守荆蛮，酸楚之外更有愤悱不平。诗中换韵频仍，音节多变，文辞新健不俗，雄浑有力，正能与内容做适切的结合。另如《山石》：

山石荦确行径微，黄昏到寺蝙蝠飞。升堂坐阶新雨足，芭蕉叶大栀子肥。僧言古壁佛画好，以火来照所见稀。铺床拂席置羹饭，疏粝亦足饱我饥。夜深静卧百虫绝，清月出岭光入扉。天明独去无道路，出入高下穷烟霏。山红涧碧纷烂漫，时见松枥皆十围。当流赤足踏涧石，水声激激风吹衣。人生如此自可乐，岂必局束为人鞿？嗟哉吾党二三子，安得至老不更归！

没有挫折的愁痛与怨愤，也不刻意求取文字的横拗表现，只以开阔豁达的气势、明朗清健的文笔来写山野风貌，既不轻俗庸弱，也无拗折的斧凿痕迹，鲜丽雄浑，有其古文笔力。元遗山《论诗绝句》云："有情芍药含春泪，无力蔷薇卧晚枝。拈出退之山石句，始知渠是女郎诗。"韩愈诗歌与秦少游《春日》诗相较固然如此，与中唐其他诗人相较，也确实最具阳刚风力。

孟郊、贾岛皆与韩愈论交，在蹇困贫寒的生活中，毫不放松对诗歌创作技巧的追求。孟郊自云："夜学晓未休，苦吟神鬼愁。如何不自闲？心与身为雠。"（《苦学吟》）贾岛也在苦吟得诗句"独行潭底影，数息树边身"时坦承："二句三年得，一吟双泪流。知音如不赏，归卧故山秋。"从中可见他们的苦吟精神。苏东坡所下"郊寒岛瘦"的评语，同时兼该了他们的际遇与诗风。孟郊《秋夕贫居述怀》可为代表：

卧冷无远梦，听秋酸别情。高枝低枝风，千叶万叶声。浅井不供饮，瘦田常废耕。今交非古交，贫语闻皆轻。

二人诗作中存有佳句，如孟郊的“一片月落床，四壁风入衣”（《秋怀》），“春风得意马蹄疾，一日看尽长安花”（《登科后》），贾岛的“秋风吹渭水，落叶满长安”（《忆江上吴处士》），“秋声依树色，月影在蒲根”（《南池》），都能凝塑新鲜的意象；但较少全篇佳构，成就也就较韩愈逊色了。或许因他们陷溺在字斟句酌的奇险追求上，能入不能出，也就不能有开阔的表现；或许也因功力学养上的差异吧。不过，他们仍有些小诗相当可取，如孟郊《游子吟》：

慈母手中线，游子身上衣。临行密密缝，意恐迟迟归。谁言寸草心，报得三寸晖！

贾岛《剑客》：

十年磨一剑，霜刃未曾试。今日把示君，谁有不平事！

从真切的情感、义气出发，自然从容，反而更具感染力，引起读者的共鸣。

宋胡仔《苕溪渔隐丛话》中记载，贾岛吟得“鸟宿池边树，僧敲月下门”，因斟酌“推”、“敲”二字优劣，在驴上吟哦未定，一时忘我，冒犯了京兆尹韩愈的车驾。韩愈甚为谅解，沉吟之后建议：“作‘敲’字佳矣。”两人遂订为布衣之交。传说虽不可信，但也反映出两人对诗歌创作、文辞经营的慎重。况且选用“敲”字，声音响亮，在万籁俱寂的夜里，有突兀惊起的效果，正吻合二人的诗风要求。至于“推”字，则较为沉缓，在宁静的月夜里，僧人自尔来去，不惊动一人一物，另有其安谧的境界。两字各有千秋，未易轩轾，韩愈如此选择，若让王孟诗派的诗人来裁断，恐怕会有不同的结果。这正是艺术天地的一种宽容啊！

三

冷谲秾艳的李贺

李贺，以二十七岁的年纪，体验着现实的偃蹇，也体验着广宇长宙间长存的沉老幻灭；以未谙人事的稚弱双臂，拥抱时空沧桑所投置的庞大阴影。于是，他那“恒从小奚奴，骑距驴，背一古破锦囊，遇有所得，即书投囊中”（李商隐《李长吉小传》），踽踽于人间行道的身影也就愈发孤弱病苦了。古锦囊中所存集的是他行吟所得的锦句，同时是他对时空的沉思与沧桑的悲感。李贺作诗呕心沥血，至死靡它，不只为了诗句的经营，更为了这些体验的掌握与负荷!

李贺自幼颖慧，善于辞章，最早为韩愈所知，于缙绅间每加延誉，因此声名日显。李贺于《高轩过》一诗中恭维韩愈和皇甫湜是“东京才子、文章巨公”，“殿前作赋声摩空，笔补造化天无功”，他们相互推许赏识，应是因为同有孤介的个性和相近的诗风吧。然而当他意气风发地应举进士时，却遭人

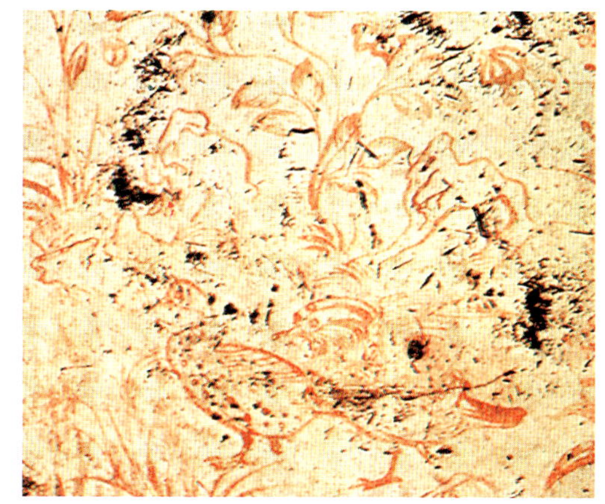

▲ | ▪ 鸳鸯图 • 绘盆

▲ | ▪ 花鸟壁画 • 高昌古墓出土

排挤，以避讳的理由，不得赴试（贺父名“晋肃”，与“进士”音近）。这投入人世的脚步受阻之后，本就孤傲的李贺更加转入自我的世界，独自审视着自己的寂寞凋零，也审视着宇宙的衰亡，失了“雄鸡一声天下白”（《致酒行》）的豪情，长期淹溺在青冷幽寒的月光中。

诗歌是这片月光，他营造出诗中冷谲秾艳的世界，然后将自己埋葬其中。《秋来》诗云：

> 桐风惊心壮士苦，衰灯络纬啼寒素。谁看青简一编书，不遣花虫粉空蠹。思牵今夜肠应直，雨冷香魂吊书客。秋坟鬼唱鲍家诗，恨血千年土中碧！

秋风萧飒，桐叶零落，蟋蟀在凄寒的夜色里吟唱，唯有一盏孤灯陪伴诗人检验这世界的悲苦与孤寂。这份体验对个人的生命而言，绝对真实而永恒，而一旦传达于外，附着在属于人间世的文字与书页上，却又不能自保，也要落入虫蠹粉生的毁败之途。诗人面临这样一种吊诡，无限愁哀中依然坚持“书客”的身份，接受现实的憾恨，不从人间世追求永恒与安慰，转向非人的另外世界。冷雨、香魂与那秋坟的孤鬼可以作为安慰诗人的知音，诗人的悲苦与孤寂埋藏地下，千年后凝为碧血，作为一种永恒的印记。于是，李贺怜惜着六朝“才秀人微”的鲍照，同时步其后尘，以生前的心血经营诗文，等待身后鬼物的相知，灌溉未来土中的一抹葱碧。

李贺对于人事的不信任，不在于人事代谢、朝代改换的历史变动上，而在于日月逾迈、沧桑变化的潮流，以及整体宇宙在潮流中趋向幻灭，没有任何力量可勒令其回首。这种宇宙的幻灭感在他许多诗歌中不可避免地透显出来，如《古悠悠行》、《官街鼓》：

> 白景归西山，碧华上迢迢。今古何处尽，千岁随风飘。海沙变成石，鱼沫吹秦桥。空光远流浪，铜柱从年消。（《古悠悠行》）

> 晓声隆隆催转日，暮声隆隆呼月出。汉城黄柳映新帘，柏陵飞燕埋香骨。磓碎千年日长白，孝武秦皇听不得。从君翠发芦花色，独共南山守中国。几回天上葬神仙，漏声相将无断绝。（《官街鼓》）

唐朝京城长安城内，每日日暮时分击鼓八百声，关闭城门；清晨五更二点则击鼓三千，以启城门。鼓声象征了日夜的递嬗，呼月催日，也催促生命的脚步走向幻灭，所以秦始皇造石桥三十里、汉武帝建铜柱二十丈以求仙，必然不能如愿，反而对短暂易逝的人生形成嘲讽。而那人心以为永恒的神仙也不永恒，在时间长流里，神仙也经历无数次的凋零死亡。只有时间似乎永恒，包容着一切变动——人、神的死亡与空间的沧桑；然而时间本身也是变动不居的，岁月在无限的空间中流浪、飘逝，何尝护持得住它的永恒呢？真正永恒的，或许只有万物变幻、不得永恒这一现象吧！

虽然李贺以惊人的意象指陈“硙碎千年日长白，孝武秦皇听不得”，仿如冷淡无情的旁观者，但在《金铜仙人辞汉歌》中则透露了他观察人事兴衰的心情：

茂陵刘郎秋风客，夜闻马嘶晓无迹。画栏桂树悬秋香，三十六宫土花碧。魏官牵车指千里，东关酸风射眸子。空将汉月出宫门，忆君清泪如铅水。衰兰送客斜阳道，天若有情天亦老。携盘独出月荒凉，渭城已远波声小。

汉武帝建铜仙人，手捧铜盘玉杯，以承聚云端露水，以为将露水调和玉屑服用，即可得长生。至魏明帝时，迁移长安城内各项建筑到许都，下诏拆除金铜仙人，后因过重作罢。传说宫官拆下铜盘时，仙人竟然潸然泪下，李贺由此感发，遂假借金铜仙人的立场，对人世作有情的观照。铜人有情，所以触目眼酸，流下沉重的泪水。天若有情，亦必感受同样的沉痛，而在沉痛的折磨中老去。而我们的诗人呢？铜仙有泪，情天渐老，诗人面对广宇长宙中变幻的人事，所有情花泪雨都洒向古锦囊中，培育成秾丽诡谲的诗句，然后迅速地凋零死去。

死亡结束了李贺二十七岁的生命，也在他生前笼覆下湿重的阴影。敏锐的心思、偃蹇的际遇，以及病弱的身体，使他每有超离真实人世的玄想。死亡、神仙、鬼魅等非人间的情境也就进入笔下，以其傲兀不群的才性，发为诡谲幽险的文字，来呈写这片奇异世界。《感讽》之三云：

南山何其悲，鬼雨洒空草。长安夜半秋，风剪春姿老。低迷黄昏径，袅袅青栎道。月午树立影，一山惟白晓。漆炬迎新人，幽圹萤扰扰。

死亡的舞台上有黄昏、青栎、白晓等色彩，有春日美好的内容，有草木葱茏的生机。但是一笼上低迷阴冷的气氛，颜色朦胧暧昧了，生机被冷冻斩断了，春的美丽姿影霎时枯萎、衰老，死亡便在凄楚幽诡中包容下所有事物，还有点点鬼火迎接新来的客人呢！这一想象中的死亡场景，恐怕每每伴着诗人的药炉，牵引他的悲感。至于《神弦曲》中惊心动魄的狐魅世界，则充分显露诗人想象的诡谲与文字运作的功力：

西山日没东山昏，旋风吹马马踏云。画弦素管声浅繁，花裙綷縩步秋尘。桂叶刷风桂坠子，青狸哭血寒狐死。古壁彩虬金帖尾，雨工骑入秋潭水。百年老鸮成木魅，笑声碧火巢中起。

《神弦曲》本是祭祀神祇的音乐，李贺借此古题写神祇诛邪讨魅，而狐死狸哭、火焚鸮巢的恐怖场面，色调浓烈，气氛惨劲，形象鲜明，像一场夜半误入的噩梦，醒时恍如仍有笑声荡漾、碧火升腾，探触着心中最深沉的战栗。鬼魅也不全然可怖，在《苏小小墓》中，李贺描写了一缕哀怨幽魂：

幽兰露，如啼眼。无物结同心，烟花不堪剪。草如茵，松如盖。风为裳，水为珮。油壁车，夕相待。冷翠烛，劳光彩。西陵下，风吹雨。

自然的美景，沉静的动态，在风雨凄寒、翠烛冷淡中，蒙上了主角的幽怨。曾经存有的生命的温热已一去不返，想象里她的眼中必然有泪，兰车上转动的朝露就像她晶莹的泪眼吧。全诗只写墓地，但女鬼幽怨凄美的姿容呼之欲出，幻异而动人。李贺此类非人间情境的描写，无论是题材的选取或效果的塑造，都是诗歌天地中的异数，以秾艳的色彩、具体的声音、强烈的情绪、诡谲的气氛，凝塑出属于李贺的独特诗风。他以生命灌溉诗歌的花朵，“是儿要当呕出心乃已尔！”正是其母的怜恤与了解。“诗鬼”在诗史上遂成一卓尔特出的身影。

四

萧疏自放的杜牧

杜牧，一位酒色轻狂的落魄文人，同时也是怀抱孤志的贵胄公子，两种身份融合成他自然清丽的人格与诗风，在落魄中自有豪骨，流宕中不失端整。

落魄江湖载酒行，楚腰纤细掌中轻。十年一觉扬州梦，赢得青楼薄幸名。

在这首《遣怀》中，杜牧自己绘就了一幅轻狂落魄的图像来与世人见面，然而他不只是如此的人而已，在承认自我“薄幸”的背后，有着“多情却似总无情，惟觉樽前笑不成。蜡烛有心还惜别，替人垂泪到天明”（《赠别》）的多情招供；朝朝醉中去，是因有着“残花不一醉，行乐是何时”（《途中作》）的伤感；而那人生如残花晨梦的伤感，则是起于现实人世里情志不得顺遂开展的压抑忧愤。这些在《九日齐山登高》中有较正面的自白：

江涵秋影雁初飞，与客携壶上翠微。尘世难逢开口笑，菊花须插满头归。但将酩酊酬佳节，不用登临恨落晖。古往今来只如此，牛山何必独沾衣？

每一个日子必然走向黄昏，每一个人生必然归向幻灭，每一个朝代必然沦向衰亡，当怅怅然面对着时日的黄昏、人生的落魄、唐朝的衰乱时，这一片将落未落的夕阳晖彩，教人有恨有悲，独独难得欢笑。杜牧试图去超越这悲恨的泥淖，不狂歌忧愤，不强调感伤，也不倾诉深情，努力去塑造、培护一种明朗通达的姿态，观看人世，安排自己。因能超拔，所以洒脱豪宕；因仍眷爱人间，所以能掌握人间一份苍凉的美丽。

杜牧世业儒学，祖父杜佑两朝为相，曾撰《通典》。杜牧承继了这份察验人事历史的家风，颇为留意“治乱兴亡之迹，财赋兵甲之事，地形之险易远近，古人之长短得失”（《上李中丞书》），然而家道中衰，仕途不遂，大多时候任职于地方州县幕府，遂在江南扮演了诗酒落魄的文人形象。对于早岁怀抱的志向——“平生五色线，愿补舜衣裳。弦歌教燕赵，兰芷浴河湟。腥膻一扫洒，凶狠皆披攘。生人但眠食，寿域富农桑”，自知是不可能实现的梦想，遂“孤吟志在此，自亦笑荒唐”（《郡斋独酌》）。仕途的失败是无数士人共同的遭遇，抑郁悲愤也是士人共有的心情，但杜牧不陷溺于此。在“满怀多少是恩酬，未见功名已白头”（《冬日题智门寺北楼》）的自伤之外，他体恤人民的苦难，“须知胡骑纷纷在，岂逐春风一一回”（《早雁》），以孤雁譬喻回鹘侵扰下的人民；他赞叹老将军的英雄气概，也抨击官府的贪暴；更本着自少留意治乱兴亡的识见，在浪泊游宦之际，自然地涌升历史的感怀，上起秦汉，下迄盛唐，都在他的关顾论列之中。

唐·泥头木身俑·新疆出土

脍炙人口的《阿房宫赋》，论秦世荒淫误国，咎由自取："族秦者，秦也，非天下也。"并警惕当世引为借镜，吸取教训："秦人不暇自哀，而后人哀之；后人哀之而不鉴之，亦使后人而复哀后人也。"议论警辟，辞藻高华，正是杜牧咏史作品的典型。其他律绝诗体的咏史诗虽不能驰骋议论，但每独出机杼：

胜败兵家事不期，包羞忍耻是男儿。江东子弟多才俊，卷土重来未可知。(《题乌江亭》)

折戟沉沙铁未销，自将磨洗认前朝。东风不与周郎便，铜雀春深锁二乔。(《赤壁》)

楚汉之争，曾经叱咤一时的项羽兵败垓下，自刎于乌江，失败的英雄形象得到后人无限同情，而杜牧并不赞许他做失败的英雄。真正的英雄要能忍辱负重，善尽人事，在真实彻底的努力下，才有真正的失败与成功。所以，项羽放弃卷土重来的可能，"无颜见江东父老"是个人性情的展现，却不是政治家、军事家的表现。赤壁之战，曹操舳舻千里，旌旗蔽空，拥有绝对强大的实力，而周瑜得东南风之助，火烧曹舰，轻易取胜，形成三国鼎立之势。就蜀、吴而言，诸葛亮、周瑜都是定国安邦的英雄，但若衡量当时情势，设非机缘如此，怎知二人不败于曹操实力之下呢？所以，杜牧冷静地指出这一历史事件的偶然性，似也稍稍揶揄了周瑜这位“偶然”成功的英雄。

无论成功失败，历史必然落入无常幻灭的结局，汉朝如此，六朝更是如此。

长空澹澹孤鸟没，万古销沉向此中。看取汉家何事业，五陵无树起秋风。（《登乐游原》）

六朝文物草连空，天澹云闲今古同。鸟去鸟来山色里，人歌人哭水声中。深秋帘幕千家雨，落日楼台一笛风。惆怅无因见范蠡，参差烟树五湖东。（《题宣州开元寺水阁，阁下宛溪，夹溪居人》）

汉室曾经建立烜赫事功，然末叶丧乱，“汉氏诸陵无不发掘”（《魏志·文帝纪》），一切事业在朝代兴亡中归于幻灭，肃杀秋意中，连一片可供凭吊兴怀的陵上落叶也没有。六朝呢？繁华事散，纵使四百八十寺依然伫立在江南烟雨之中，人事毕竟消歇了。时间像孤鸟般隐没向辽阔的天际，这天澹云闲的空间，见证着鸟去鸟来，人歌人哭，历史兴亡尽在去来歌哭之中，自己所处的时代也不例外。

唐朝也落入历史兴亡的故辙之中，种种政治社会现象显示了衰亡的走向。君民依犹歌舞升平，欢乐不觉，诗人在旁观独醒中，感受“尘世难逢开口笑”的忧患，发为诗中的嘲讽与悲悯：

长安回望绣成堆，山顶千门次第开。一骑红尘妃子笑，无人知是荔枝来。（《过华清宫绝句三首》之一）

烟笼寒水月笼沙，夜泊秦淮近酒家。商女不知亡国恨，隔江犹唱后庭花。（《泊秦淮》）

玄宗流连歌舞，荒弃政事，甚至为了贵妃个人喜爱，千里快马传驿，由江南送来鲜丽的荔枝，却不知耗费了多少民力。诗人由此小事落笔，以超然全知的立场，俯视京城繁华、别馆笙歌。只见那奔腾的快马卷起滚滚红尘，宫馆原本森严的门禁一扇扇开了，不敢有分毫耽搁。那快马必负有重责吧，重责却是驮负荔枝来，博取美人粲然一笑！诗人冷隽地突显了此一事件的荒谬，痛切地讽刺玄宗，同时也影射着现实。晚唐朝野浮靡，秦淮河畔只是小小的剪影，陈后主在《玉树后庭花》的唱和声中亡国，唐朝是否也将在逃避现实的歌舞中亡国呢？歌女不知后主地下的遗恨，同时还有对未来国运的无所自觉啊！诗人对百姓并不嘲讽，而有着深深的无奈和悲悯。

杜牧自云："某苦心为诗，本求高绝，不务奇丽，不涉习俗，不今不古，处于中间。"（《献诗启》）高绝的自我要求，一方面表现在文辞气氛的经营，一方面表现在观照角度的选取。他既推崇李、杜、韩、柳，又能不受限制，独出清丽；既关注历史兴亡、人事变幻，又是人群边缘的旁观者；既不舍离，也不投入，在感伤中培育旷达的感情，它们组成小杜诗作的特色。其《山行》诗云：

远上寒山石径斜，白云生处有人家。停车坐爱枫林晚，霜叶红于二月花。

小杜诗歌的令人喜爱，也因它们正像那一片霜红的枫林，在向晚的天色中，挺拔灿美，有着属于秋天的高朗清气和淡淡萧瑟。

五

凄美苦恨的李商隐

若说杜牧是秋暮中萧疏的霜枫，李商隐可说是那春夜里声声啼血、凄切入秋而死的杜鹃吧！传说杜鹃为杜宇所化，那蜀王望帝将一片不死不安的心魂，转化成春日里最激切哀痛的声音与色彩，“不如归去”的鸣声有着何等深沉的憾恨，湿热的鲜血染红春花，又是怎样凄诡的艳丽！

义山在《锦瑟》诗中即曾取用杜鹃的意象，作为自我的象征：

> 锦瑟无端五十弦，一弦一柱思华年。庄生晓梦迷蝴蝶，望帝春心托杜鹃。沧海月明珠有泪，蓝田日暖玉生烟。此情可待成追忆，只是当时已惘然。

《史记·封禅书》记载：“太帝使素女鼓五十弦瑟，悲，帝禁不止，故破其瑟为二十五弦。”义山回首检视过往的岁月，一年一年闪烁着青春的华彩与悲泪，一如素女手中的瑟音，自己曾经热切地投入过、拥抱过它们，犹似庄生梦为蝴蝶时的迷执，以及望帝托化杜鹃延续自己的深情。年少的怀抱何等美丽，虽然岁月倏忽而过，显得有些遥远虚幻了，自己却仍知道，未来的心魂依然会回首追忆，像杜鹃在每年三月归来，看守属于它的美丽而悲哀的春天。

李商隐与杜牧相似，出身于没落贵族，仕途多舛。商隐尤甚，他处在牛李党争的夹缝中，领受来自各方的冷淡和打击。年少的他先是得到牛党令狐楚的赏识，拔擢中进士第，后来得李党王茂元的赏爱提拔，并娶王女为妻，从此受到令狐绹等人的排挤。王茂元死后，他更是一路坎坷，潦倒终身。这一夹杂着政治党争与私人恩怨的关系，成为李商隐一生悲痛的症结。《安定城楼》诗云：

迢递高城百尺楼，绿杨枝外尽汀洲。贾生年少虚垂涕，王粲春来更远游。永忆江湖归白发，欲回天地入扁舟。不知腐鼠成滋味，猜意鹓雏竟未休。

李商隐有贾谊、王粲的治世才华与心志，企图回转乾坤、施展抱负后功成身退，然而政治场合中的猜忌倾轧，使他只能在一再漂泊废罢中垂泪老去。他曾屡次上书献诗，希望能取得令狐绹的谅解，但始终遭受冷淡，“茂陵秋雨病相如”（《寄令狐郎中》）一直是他的愁惨形象。

李商隐对政治的关心，也引带他检讨历史的得失。因在党争之中有切肤之痛，所以他特别留意君臣对国事的诚意与运作，嘲讽的意向比杜牧更加明显。他不再以感慨兴亡变幻为主，而是将笔锋指向人为的过失，冷刻嘲弄里，涌动着愤激之情：

宣室求贤访逐臣，贾生才调更无伦。可怜夜半虚前席，不问苍生问鬼神！（《贾生》）

紫泉宫殿锁烟霞，欲取芜城作帝家。玉玺不缘归日角，锦帆应是

到天涯。于今腐草无萤火，终古垂杨有暮鸦。地下若逢陈后主，岂宜重问《后庭花》！（《隋宫》）

汉文帝求贤，贾谊高才，应该是很理想的君臣组合。但宣室里彻夜长谈，令文帝信服忘我的话题却是鬼神之事，而非国计民生。“可怜”一转，前联的君臣相得便成为假象了。商隐如此一扬一抑，嘲讽了求贤而不能用贤的汉文帝，与刘长卿《长沙过贾谊宅》中感慨“汉文有道恩犹薄”相近，但不直接说破。《隋宫》句句讥刺炀帝荒淫逸乐以致亡国。如次联故意反过来说：假设唐高祖不曾奉应天命，灭隋而代为天子，那么炀帝应可遍游天下，作无穷尽的逸乐。颈联写景，与当日“征求萤火数斛，夜出游山，放之，光照岩谷”，“引河作街道，植以杨柳，名曰隋堤，一千三百里”（《隋书·炀帝纪》）的盛况对比，过度逸乐必然归向极度萧瑟。末联将炀帝比同于陈后主，两人都是耽于逸游的亡国之君啊！此外，如《北齐》诗云“晋阳已陷休回顾，更请君王猎一围”，《筹笔驿》云“徒令上将挥神笔，终见降王走传车”，《华清宫》云“当日不来高处舞，可能天下有胡尘？”，深责历代昏君，在在见出他对史事的敏锐才识与热切怀抱，也显示了他灵活辛辣的文笔。

咏史诗外，商隐最为人所熟知的是那些咏叹爱情的诗篇了。它们大多“无题”，读者难于依题索解，文辞又多使用典故及象征手法，每每隐晦主题，而呈显情境，酿造极度华丽朦胧的氛围，令人感染、沉浸，追随他的体验，却不容易跳出诗外，冷漠地去查明这些诗作的背景。后人或者猜测为他与女道士宋华阳的恋爱，或者说是他与宫女卢飞鸾、卢飞凤姊妹的相思，或者解作他与令狐家的恩情怨意，都难以确定。元好问《论诗绝句》云：“望帝春心托杜鹃，佳人锦瑟怨华年。诗家总爱西昆好，独恨无人作郑笺。”说的不只是《锦瑟》一诗，实指这一类作品而言。今日我们读它，也不必拘泥地探求本事，只要相信那是一首首深情的诗歌，写着一则则美丽而隐晦的爱情故事。不需知道情节、揭示真相，却能感受那沉浸于爱情中可能存有的甜美与痛苦，义山的深情浪漫是不叫人失望的。

相见时难别亦难，东风无力百花残。春蚕到死丝方尽，蜡炬成灰泪始干。晓镜但愁云鬓改，夜吟应觉月光寒。蓬山此去无多路，青鸟殷勤为探看。（《无题》）

来是空言去绝踪，月斜楼上五更钟。梦为远别啼难唤，书被催成墨未浓。蜡照半笼金翡翠，麝熏微度绣芙蓉。刘郎已恨蓬山远，更隔蓬山一万重。（《无题》）

怅卧新春白袷衣，白门寥落意多违。红楼隔雨相望冷，珠箔飘灯独自归。迷路应悲春晼晚，残宵犹得梦依稀。玉珰缄札何由达？万里云罗一雁飞。（《春雨》）

这些诗作没有口号式的信誓旦旦，而因作者的深情投入，漂溺于情爱大海，每一片刻的自白，每一个沉酣的姿态，每一颗悲伤的泣泪，都真挚感人；虽属作者主观的个人经验，却也是人心共能体会的情爱面貌。夜吟、晓起、梦醒、久待，乃至寻访不遇而回，种种情境呈显着相思的悲苦，这是情爱孤寒的一面。然因有一对象令自己如斯执持，领受悲苦而无怨无悔，作者使用春蚕、蜡炬等意象来象征情爱的坚贞时，也有一种痴执的酣乐吧！义山便是如此执情的人，他亦自觉及此，《暮秋独游曲江》云：

荷叶生时春恨生，荷叶枯时秋恨成。深知身在情长在，怅望江头江水声。

执情不释，身在情随。此身不尽，情爱牵引的愁恨悲苦便始终环拥缭绕。传说里的杜鹃不也是啼至血尽，而后才放下心口的憾恨，平静地安息吗？

▲ | ◆唐 ■ 李思训 ■ 宫苑图卷

北宋 · 赵佶 · 听琴图

第七章

软语温唱与狂词悲歌

——宋词

小引

两般月色

南宋·郭熙·岷山晴雪

南宋·贾师古·岩关古寺

江山如画，斜月如钩，朦胧的月色在江面形成一网轻烟，微风过处，仍是吹不破的凄迷朦胧。江水无波，唯岸边垂柳丝丝拂动，划起一圈圈细腻的涟漪，缓缓漾荡开去；也不刻意惊动什么，只是为自己寻觅千百种新姿，顺遂这久伴江岸的深情。一缕歌声幽幽传来，在残月如梦中竟也不甚分明，待扁舟轻悄滑过，正听得那句“杨柳岸、晓风残月”，余音袅袅，静静追逐着月光，而小舟已去远了。

另一段宋朝山水，赤壁的山石依然丹艳如血，在月色映照下，无言诉说着三国一场力与智的战争。那些英雄豪杰、雄姿柔情，当年是何等真实而华盛，奈何在岁月的递嬗下，所有人事必然消歇沉寂，只余后人一份邈邈追想。古人如此，今人、后人亦将如此，人世的代谢，不就如这赤壁之下滚滚滔滔东流的江水么？“大江东去，浪淘尽、千古风流人物。”豪旷的歌声乍起，应和着错落的乱石、拍岸的狂涛，那声音竟也有着腾跃之势，击叩向多情的夜空。

这是柳永、苏东坡的词作中分别呈现的宋朝景致。不同的性情，不同的关顾主题，不同的风格，正是宋词婉约与豪放的两种典型。宋俞文豹《吹剑录》云：“柳郎中词，只合十七八女郎，执红牙板，歌‘杨柳岸、晓风残月’。学士（苏东坡）词，须关西大汉，铜琵琶、铁绰板，唱‘大江东去’。”今日管弦虽歇，余音不绝。词的生命原本依附在音乐之上，风格的形成与其曲调音律有密切的关系，惜今乐曲多已亡佚，我们只有从辞情中去追想那“晓风残月”是怎样缠绵的吟哦，那“大江东去”又该是何等狂迈的高歌！

词本属乐府，依固定曲拍填入歌词。这些曲调不同于汉魏以降的古乐府，翻陈出新，接受胡乐影响，在帝王或乐工手中完成许多“今曲子”。后来知音文人如姜夔等，更每自制新曲。词发于唐，初盛唐是酝酿试验时期，中唐以后才算成立。传说玄宗曾作《好时光》一词，李白也有《菩萨蛮》、《忆秦娥》等作品，其“西风残照，汉家陵阙”令王国维十分赞叹，以为“寥寥八字，遂关千古登临之口”（《人间词话》），惜不可信。较可信的作品，为敦煌所见的民间创作，及少数中唐以后文人偶有的作品。民间词以直接通俗的语言诉说其生活情态，文人词则较间接凝练，具概念性，如：

莫攀我，攀我太心偏。我是曲江临池柳，者人折了那人攀，恩爱一时间。（民间《望江南》）

春去也，多谢洛城人。弱柳从风疑举袂，丛兰裛露似沾巾。独坐亦含颦。（刘禹锡《忆江南》）

边草，边草，边草尽来兵老。山南山北雪晴，千里万里月明。明月，明月，胡笳一声愁绝。（戴叔伦《调笑令》）

另有大家熟知的张志和《渔父》、白居易《忆江南》，都是早期唐词。然而词真正成熟，作为文人主要表达情志的形式，完成自己的风格，则要从晚唐五代始。后蜀赵崇祚所编《花间集》为存见之最古词集，被称为“倚声填词之祖”，收有晚唐、前蜀、后蜀词人十八家作品。在他们手中，词已脱离诗的笼罩，成为独立盛行的体裁，其中以温庭筠、韦庄为最。蜀地之外，南唐为另一重镇，两地皆是在中原丧乱纷扰之际，略保偏安局面，有暂时的安定繁荣。前蜀后主王衍，后蜀后主孟昶，南唐中主李璟、后主李煜，皆雅好音乐辞章，善制曲词，更提供精致的文化环境，因而词风极盛。南唐惜无总集结存流传，作品多已散失，今日仅存二主、冯延巳等少数作家作品，数量虽少，但词境深郁远过花间，李后主更是词中天子。

宋朝国力虽衰，外患频仍，大多时候仍保持着内部的繁华晏安，艺术方面颇有成就。词这一新兴诗体，丝竹管弦相伴，充满幽情闲趣，得到文人喜爱。因而宋代文人有一普遍现象，以诗言志，从事知性的反省、思索与议论；以词抒情，呈诉情心的感兴、征逐。知性的宋诗完成了与唐诗迥异的特色，在唐人丰华甘美的荔枝盛苑外，别植一株橄榄，反映了宋代士人不同的文化品位。宋词则扣紧人身最原始共通的情，既以声乐之美动人，又随作者个人际遇、时局演化而展现相殊情韵。市井百姓纵不填词，也因弦管流传，与辞情声情的直接感人，而吟咏流连，共同投入词的歌哭律动之中。因此，新兴的宋词较诗拥有广大的回响，每被视为相应于宋的一代文学，犹如诗之于唐、赋之于汉。

宋词在前蜀、后蜀、南唐词人的典型下，先有一小段的沉寂，然后有晏殊、欧阳修、张先、柳永等大家。晏、欧沿袭五代婉约词风；张、柳则开拓长调，铺叙情景，加入民间社会活动，任情可亲，造成“凡有井水饮处，皆能歌柳词”的盛况。北宋后期周邦彦承此传统而集大成；苏东坡则以不羁的才力，针对柳词卑弱的流弊，而表现豪放劲挺的格调，为宋词“指出向上一路”（王灼《碧鸡漫志》）。南渡后，陆游、辛弃疾等人赓续东坡词风，抒发悲痛情怀。偏安既久，北渡的希望日益渺茫，宋末词人致力于词的艺术追求，而以精致的音律辞藻来咏物托怀，最具特色，姜夔、张炎等人可为代表。

一

花间浅酌到金剑沉埋

温庭筠、韦庄、李后主分别为晚唐、前蜀、南唐的代表词人，在早期词史上，以各自成熟独立的风格，展现了三种美丽的姿态。后人以美女作为譬喻："毛嫱、西施，天下美妇人也。严妆佳，淡妆亦佳，粗服乱头，不掩国色。飞卿严妆也，端己淡妆也，后主则粗服乱头矣。"（清周济《介存斋论词杂著》）三人各揽胜场，都有可观。

温庭筠一生失意，浪游于江湖市坊之间，"士行尘杂"，"狂游狭邪"（《旧唐书·文苑传》），征逐歌乐，攀花折柳，在正统诗体创作外，刻意尝试依附于流行曲调的词体，写歌乐生活中公子佳人的相思情愁，用辞鲜艳华丽，富于视觉效果。如《菩萨蛮》：

> 小山重叠金明灭，鬓云欲度香腮雪。懒起画蛾眉，弄妆梳洗迟。
>
> 照花前后镜，花面交相映。新帖绣罗襦，双双金鹧鸪。

词中写闺阁陈设、女子容颜、妆饰，在客观旁叙的铺陈中，隐隐约约透露人物的情怀。在有山峦图画的曲折屏风内，佳人的心境曲折落寞；妆镜前后交映，容颜与镜上雕花叠合，佳人有份自我怜惜；在美丽的装扮、成双的饰物里，佳人仿佛也有某种情感上的期待。由于字面多作客观呈现，虽然具体鲜明，但情感不明显，也就造成一种深丽朦胧的效果。花间词人受他影响，题材、风格都很接近，韦庄则有较清新俊爽的表现。

韦庄晚年入蜀，制定典章制度，官至吏部尚书同平章事，但在青壮年时期，却也是浪泊南北的落魄文人。唐末动乱，他曾陷于黄巢乱兵中，病苦甚久。其后在洛阳作《秦妇吟》长诗，借秦妇口述，描绘故国乱离的惨状。后来避居江南，托身于歌酒逸乐生活，以词体来处理这类生活题材，无论当时的沉酣，或日后的追忆，都有自己真实的情感吐露。文辞不若飞卿秾腻，而清新动人，如下引《菩萨蛮》：

人人尽说江南好，游人只合江南老。春水碧于天，画船听雨眠。

垆边人似月，皓腕凝霜雪。未老莫还乡，还乡须断肠。

词中坦白承认，逸游江南的原因在于不敢归乡。何以不敢？因为归去必然面对最深巨的悲痛。中原的乱离残败对壮盛的他而言，仍是一场惊悸的梦魇，唯有暂时逃避，直到较平静思归的晚年。于是，江南的山水风雨、佳人歌舞，都在这一心理背景下，沾染着自我放逐、苦中作乐的伤颓色彩。

飞卿的丽词严妆，像彩绘屏风上描金的鹧鸪；端己的清新俊爽，像琴弦上跃动着莺啼般的清音；而至李后主，经历帝室繁华与亡国的沉痛，将真诚的生命投注于词，一如翱翔于九天的凤凰，庄严地呈现火浴中燃烧出来的痛苦与美丽。王国维说得好："温飞卿之词，句秀也；韦端己之词，骨秀也；

李重光之词，神秀也。词至李后主而眼界始大，感慨遂深，遂变伶工之词而为士大夫之词。”（《人间词话》）后主的词随着他的生命历练而成长变化，整体五代词也随着他而成长变化。

后主“生于深宫之中，长于妇人之手”（《人间词话》），在物质环境方面，“凤阁龙楼连霄汉，玉树琼枝作烟萝”，深宫重楼，暖烟垂柳，隔断了世间的苦痛与缺憾，环护他一派天真。人文环境方面，父亲是有着“细雨梦回鸡塞远，小楼吹彻玉笙寒”（《摊破浣溪沙》）名句的文人天子，宽容地任随他流连艺文；大周后“通书史，善音律，尤工琵琶”，小周后“警敏有才思，神彩端静”（马令《南唐书》），更助成他耽于声色、放任情性的生活。因此，早期的后主对人世有十分单纯的信任，以为山川日月的清辉、人情挚爱的温慰可以永恒存在。作品中敏锐地点染声色的亮采与流动，既有纷华的场景，又能将纷华放下，在灵动中透露神采飞扬的俊美。《玉楼春》可为代表：

晚妆初了明肌雪，春殿嫔娥鱼贯列。凤箫吹断水云闲，重按《霓裳》歌遍彻。　临风谁更飘香屑，醉拍阑干情味切。归时休放烛花红，待踏马蹄清夜月。

明色宫娥，繁声《霓裳》，临风飘香，醉情击阑，纵恣的情态，飞扬的意兴，毫无掩饰地流露少年天真的生命对美的追求。“休放烛花红哪！”后主酣情的叮咛，眷惜清夜月色，“嗒嗒”的马蹄在月光中踩着一路清音归去，俊美的画境也随着作无穷的开展。

华美的生活逐渐衰歇，次子与大周后相继去世，后主“悼痛伤悲，哽躄几绝者数四，将赴井，救之获免”（《玉壶清话》）。人世有代谢，带来第一重迷惑与哀伤：“维昔之时兮亦如此，维今之心兮不如斯。呜呼哀哉！”（《昭惠周后诔》）“沉沉无问处，千载谢东风！”（《挽辞》）此外，国势日益困窘，宋侵凌的阴影日深，后主令郑王从善朝贡，去唐号，称“江南国主”。宋拘留从善，不许归国，后主每每登高北望，泣下沾襟。这些现实人世的风雨，打破了原本的单纯信任，环结后主茫然的心智。浩浪侵愁，乱山凝恨，他以稚弱的双臂挣扎着。作品中时空背景凄清，声色残断，人物由飞扬的动态沉落下来，在低空依依徘徊，愁绪飘浮回旋，缭绕无端。如《临江仙》：

樱桃落尽春归去，蝶翻轻粉双飞。子规啼月小楼西，玉钩罗幕，惆怅暮烟垂。　　别巷寂寥人散后，望残烟草低迷。炉香闲袅凤凰儿。空持罗带，回首恨依依。

写尽无依的彷徨，回首前瞻，总是一片迷离凄凉。

宋遣曹彬伐南唐，金陵久围，百姓苦病，后主折腰输贡以换一地之安的幻想破灭了。城破国亡，李煜肉袒出降，被虏北上，开展身心的双重漂泊。《渡中江望石城泣下》诗云：

江南江北旧家乡，三十年来梦一场。吴苑宫闱今冷落，广陵台殿已荒凉。云笼远岫愁千片，雨打归舟泪万行。兄弟四人三百口，不堪闲坐细思量。

一旦归为臣虏，笼着千片愁云，倾着万行泪雨，便投入无穷尽的悲憾中了。宋太宗的冷言嘲讽，小周后的涕泣詈怨，他无言地领纳着。无言中，他真切明白：每一步履都是咽下血泪的坎坷！“烛残漏断频欹枕，起坐不能平……醉乡路稳宜频到，此外不堪行。”（《乌夜啼》）今日悲憾的体认，更对照出昔时的美好平和，于是，梦与恨成了后主此时生命的主要内容。

过往的岁月逝去了，那《霓裳羽衣》歌遍彻的繁弦新声呢？那马蹄一路脆响的月夜清空呢？一切都已渺茫，在思念中化作一片声色纷纶的朦胧境地相召。后主的梦不是忘情的睡寐，持心与梦，多情的心灵在飘零的途程中，潜意识地回溯时光的潮流，觅取一枝之栖，纵使它只是漂泊于悲凉中的断梗：

帘外雨潺潺，春意阑珊。罗衾不耐五更寒。梦里不知身是客，一晌贪欢。　独自莫凭栏，无限江山。别时容易见时难。流水落花春去也，天上人间。（《浪淘沙》）

春花秋月何时了？往事知多少！小楼昨夜又东风，故国不堪回首月明中。　雕栏玉砌应犹在，只是朱颜改。问君能有几多愁，恰似一江春水向东流。（《虞美人》）

梦中欢乐教人沉酣，梦醒后理智的察照则冰冷而苍茫，沉酣与醒转之际固然酿就了不堪的愁恨，而沉郁的心魂仍将不悔地乘越愁恨的波浪，去会合那已然破碎却依然闪烁于心的往日。

后主的恨并不指向特定的人事对象，如宋太宗、曹彬的亡国仇恨，而是对自己一生际遇无法甘心、平静地接受。以往信任的天地原来充满无常与凋零，岁月总是送走繁华，迎来冷清：

林花谢了春红，太匆匆。无奈朝来寒雨晚来风。　胭脂泪，留人醉，几时重？自是人生长恨水长东！（《相见欢》）

往事只堪哀，对景难排。秋风庭院藓侵阶。一桁珠帘闲不卷，终日谁来！　金剑已沉埋，壮气蒿莱。晚凉天静月华开，想得玉楼瑶殿影，空照秦淮。（《浪淘沙》）

朝雨晚风，是内外交袭的挫折摧伤；林花谢了春红，是整个天地生机无可挽回的萎绝！落花长谢，春水东流，憾恨也就郁结苍茫地持续到宇宙尽头。

这混沌黑暗的世界，不是后主绚丽的心所愿安处，但向外奋张的想望只是无力的挣扎，不能跃出现实的深渊，在心中化作一番番的回旋、撞击，迸裂憾恨痛怨的火花，依稀照见自我意志犹自真切存在。它——那年轻昂扬的生命掣举在手的金剑啊，曾衅以真、美的璀璨，以无比凌傲之姿舞于生命的天堂！而今，它已跌落，沉沉地瘗埋在泣泪与愁恨的草莱之中，尚未折朽，却已无对抗现实的锋芒，只余不安不平的剑魂回环转折地缭绕终生。

南唐另一位词人冯延巳成就虽不及后主，却足与温、韦抗衡。他颇得中主赏爱，官至宰相，因卷入政治纠纷，所以史书多依朋党互相攻讦的言辞，斥为谄佞无行。但他在词作中的表现，却极清新俊拔，或许人品并不如传言中轻薄吧。冯词题材同于温、韦，多闺情离思，在飞卿的秾丽、端己的清新之外，别标一种缠绵执着。如《蝶恋花》：

> 谁道闲情抛弃久？每到春来，惆怅还依旧。日日花前常病酒，不辞镜里朱颜瘦。　河畔青芜堤上柳，为问新愁，何事年年有？独立小桥风满袖，平林新月人归后。

执持闲情，不因逃避现实，而是发自内心的根源性的情感，在春天敏锐的季节里，益加突显出来。相随而来的惆怅悲感，也都成了与自身结合的性质，像“春蚕到死丝方尽，蜡炬成灰泪始干”一样，自己也要在惆怅中饮酒、病酒，消磨着青春，看朱颜一日日为情瘦损，这也算是自我的交代吧！

宋人学习五代词人，尤以南唐为宗。中主、后主的帝王气象难学，尤其后主的沉痛深郁，非亲身体验者不能道，所以延巳的影响最为明显，北宋诸人仿佛都有着他的影子，王国维即曾说过：“冯正中词虽不失五代风格，而堂庑特大，开北宋一代风气。”（《人间词话》）

二

里巷轻愁与华堂曼歌

北宋词坛，初有晏、欧以其贵族闲情细品时空流动中的感兴；再有柳永以民间的声音、流畅的旋律，写他与真实社会密接的落魄情怀；最后则由周邦彦以其深厚的音乐素养、平静的心思，将词由浪荡民间拉回为文人自我思感，并承继柳永开拓长调，使之成为宋词的主要形式，与五代小令各具滋味。

晏殊处宋初升平之际，加以一生顺遂，未识现实甘苦，虽然是体验上的限制，但也培蓄了一种舒缓闲雅的心境，所以《珠玉词》中有浮浅的应酬作品，也有呈显他特有心境的佳作。因他不为生活所迫，遂可将敏锐的心思投注在人生共有的基本问题上，即时间的推移和它引带的空间变化。也因他优裕的环境、闲雅的心情，使他面对这一问题时，不流于激切凄楚，如《浣溪沙》：

一曲新词酒一杯，去年天气旧亭台。夕阳西下几时回？　无可奈何花落去，似曾相识燕归来。小园香径独徘徊。

时间一年年、一日日流逝，人力无从挽留，只有从周遭景物的变与不变间，细细去感觉它的流动。花的落去，燕的归来，甚至“炉香静逐游丝转”（《踏莎行》），丝丝毫毫的消息都牵引内心最细致的感觉，并在这种感觉中流连徘徊。固然有淡淡伤情，然因不强作挹留，不与时间对抗，所以仍护持着闲静的心境。晏几道也承继了父亲的雍容气象，而经历人世巨变，更增一份沉郁悲凉，则是晏殊所未探触的了。如《鹧鸪天》：

彩袖殷勤捧玉钟，当年拚却醉颜红。舞低杨柳楼心月，歌尽桃花扇底风。　从别后，忆相逢，几回魂梦与君同？今宵剩把银釭照，犹恐相逢是梦中。

前片是昔日的优游富裕，而“殷勤”、“拚却”、“低”、“尽”诸词，已透露小晏的多情攀援，所以下片的沧桑之后重逢，便有繁华落尽、唯真情凄切的感人力量。

欧阳修为一代文宗，提倡宗经重道的古文；作诗也力主气格，反对靡丽浮艳的诗风；但词中则不避绮罗香泽之句，可以看出他以诗议论叙事、以词抒发闲情偶兴的不同态度。他的词风婉约如大晏，多情似冯正中，介乎二者之间，如《踏莎行》：

候馆梅残，溪桥柳细，草薰风暖摇征辔。离愁渐远渐无穷，迢迢不断如春水。　寸寸柔肠，盈盈粉泪，楼高莫近危阑倚。平芜尽处是春山，行人更在春山外。

此词可与前引大晏《浣溪沙》并读。大晏重点写时间的推移，此则写空间的连续扩展，二人的情感分别寄寓在时空的绵绵移动中。春水的迢递不断、平芜的辽阔、春山的横隔都牵引着情感的活动，成为情感征逐的空间。至于《朝中措·咏扬州平山堂》，则气象开阔，与其诗文作风相近，隐然已开后来东坡以作诗之法作词的先河。词云：

平山阑槛倚晴空，山色有无中。手种堂前垂柳，别来几度春风。　文章太守，挥毫万字，一饮千钟。行乐直须年少，尊前看取衰翁。

五代以及宋初词人多工小令，至张先、柳永则渐转作慢词，此后词人便大多喜爱慢词，以驰骋丰富的情意和曲辞的变化。张、柳二人可说是这古今转变的桥梁，他们通晓音律，将小令增衍为长调，或者自度新曲，使词体得以扩充，词境也因而扩大。二人皆纵情歌酒、风流戏谑。张先八五高龄犹买妾，东坡曾戏称他“诗人老去莺莺在，公子归来燕燕忙”，其佳作仍多为小令，如《青门引》：

乍暖还轻冷，风雨晚来方定。庭轩寂寞近清明，残花中酒，又是去年病。　楼头画角风吹醒，入夜重门静。那堪更被明月，隔墙送过秋千影。

落寞情怀已是积郁多年，然又自有一份淡雅幽隽，在明月角声、秋千影摇中或醉，或醒，或沉入伤情，或清淡自解。又有三影名句，即“云破月来花弄影”，“娇柔懒起，帘压卷花影”，“柳径无人，随风絮无影”，颇为自诩，都可见出他刻意锻炼的用心。

柳永失意于功名，果真应了他在《鹤冲天》词中所讲的“忍把浮名，换了浅斟低唱”，在浅斟低唱中老去。据宋代祝穆的《方舆胜览》记载，柳

▲ | • 北宋 • 赵佶 ▪ 文会图(局部)

永死后家贫，还是群妓合金将其埋葬。一生投注于歌酒曲词，群妓的友情与“凡有井水饮处，皆能歌柳词”的盛况，也算是词人潦倒抑郁中的温慰吧！他的小令、慢词皆极出色：

寒蝉凄切，对长亭晚，骤雨初歇。都门帐饮无绪，方留恋处、兰舟催发。执手相看泪眼，竟无语凝噎。念去去、千里烟波，暮霭沉沉楚天阔。　　多情自古伤离别，更那堪、冷落清秋节！今宵酒醒何处？杨柳岸、晓风残月。此去经年，应是良辰好景虚设。便纵有千种风情，更与何人说？（《雨霖铃》）

伫倚危楼风细细，望极春愁，黯黯生天际。草色烟光残照里，

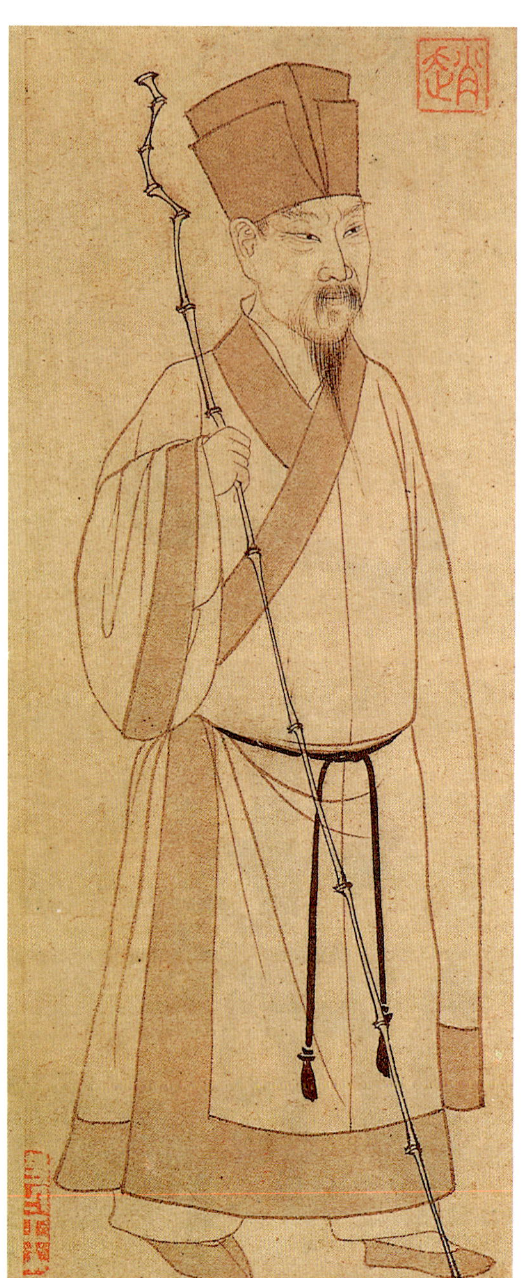

元·赵孟頫·苏轼像

竹杖芒鞋，在风雨中从容来去，正是东坡晚年的写照。

无人会得凭阑意。　　也拟疏狂图一醉，对酒当歌，强乐还无味。衣带渐宽终不悔，为伊消得人憔悴。(《蝶恋花》)

词中一往不悔的深情，也是柳永在现实人世里纵情自放的态度；词中悲愁憔悴，也是他抑郁潦倒的心境；词中的残照暮霭，也一直是他生命中暗淡昏沉的天色。他在词中直率地抒发落魄的悲感、浪泊的伤情与冶游的疏狂，在慢词中尤能铺叙得缠绵、周至，状难状之景，达难达之情；并采取俚俗语句，而得民间普遍接受，在井水边、桃李下歌咏传唱。这些内容与语言形式的开拓，迥异前人的贵族作风，实是宋词重要的里程碑。

柳永之后，有苏东坡的反动另成变格，详于下文；也有周邦彦的审音度曲，用辞浑雅，兼顾音律与文辞，集北宋大成。邦彦娴熟音乐，书斋自名“顾曲堂”，也可想见他的自负了。徽宗立大晟乐府，命邦彦等人讨论古音，审定古调，又增演新调，创作慢曲，为词坛提供了最丰富的曲调，而其音律和谐也成为词人奉行的典型。《清真集》（或称《一片玉词》）中作品只余文词，曲律已亡佚，我们无缘聆赏，十分可惜；然透过文辞的四声调配，在我们朗诵之际，还依稀可以感觉声调的抑扬顿挫、回旋和婉呢。其作品如《解连环》：

怨怀无托。嗟情人断绝，信音辽邈。纵妙手、能解连环，似风散雨收，雾轻云薄。燕子楼空，暗尘锁、一床弦索。想移根换叶，尽是旧时，手种红药。　　汀洲渐生杜若。料舟移岸曲，人在天角。谩记得、当日音书，把闲语闲言，待总烧却。水驿春回，望寄我、江南梅萼。拼今生，对花对酒，为伊泪落。

周邦彦少时“疏隽少检，不为州里推重”（《宋史·周邦彦传》），也如柳永般放情歌酒生涯，作品内容并无开拓创新之处，仍以冶游、相思为主，

南宋·马远·对月图

悬崖秋色，山气空蒙，一轮明月独出峰峦间，那画中文士应有『明月几时有，把酒问青天』的感怀。

甚且不及柳永的沉痛真切。但他努力经营辞藻，用古人诗句转化入词，运用典故、譬喻等法，使词意更加丰富、凝练；又能以和缓的心情淡淡化解现实的情结，文字上也就较从容了。试读他“拼今生、对花对酒，为伊泪落”，实从冯正中“日日花前常病酒，不辞镜里朱颜瘦”，柳永“衣带渐宽终不悔，为伊消得人憔悴”而来，但辞气已无二人的直接强烈了。

李清照词风属婉约一派，可与柳、周相抗。她出身于诗书世家，兼工诗画，熟玩金石，在北宋末年，与夫婿赵明诚拥有一段逍遥幸福的岁月。宋室南迁，明诚病亡，清照流转于江南各地，历经颠沛流离之苦，与前期生活成鲜明对比。因此，她的作品呈显了两种迥异的情调：

> 薄雾浓云愁永昼，瑞脑销金兽。佳节又重阳，玉枕纱厨，半夜凉初透。　　东篱把酒黄昏后，有暗香盈袖。莫道不销魂，帘卷西风，人比黄花瘦。（《醉花阴》）

> 寻寻觅觅，冷冷清清，凄凄惨惨戚戚。乍暖还寒时候，最难将息。三杯两盏淡酒，怎敌他晚来风急？雁过也，正伤心，却是旧时相识。　　满地黄花堆积，憔悴损，如今有谁堪摘？守着窗儿，独自怎生得黑？梧桐更兼细雨，到黄昏、点点滴滴。这次第，怎一个愁字了得！（《声声慢》）

前词清畅，是燕居生活偶有的惆怅，在绿窗黄菊掩映下，即使销魂瘦损，依然是娇痴明媚的少妇。后者则转为一片萧条景象，节气寒肃，人心也极度凄惨，在叠字相贯、音节顿挫间，诉说家国变故的心境，沉炼卓绝，甚得后人推崇。清照《漱玉词》中佳构，大多作于后期，即因生活体验加深扩大的缘故。

三

人世旷怀与家国郁愤

在文学史上，苏东坡以其人格、才识凝塑出自身鲜明的形象。他既以拔卓的胆识横绝时流，又从忧患穷室中涵养旷达的胸襟，结合有李白与庄子的影子。他人格上的历练与才识的表现，我们都可从其文学作品中叩访一二。

东坡与王安石政见不合，安石执政，东坡外放杭、密等地，以诗文托讽政治得失。安石党人极其嫉恨，欲置之于死地，系狱百余日，苏辙求免官为兄赎罪，神宗亦怜才，终以黄州团练副使安置。黄州五年谪居，有忧愤不平，也有孤危难安，然终能摆脱这些阴影，在逆境悲苦中，将少年豪纵之气化为旷达襟怀。这是他生命内在省思挣扎最剧烈深沉的时期。此后再经几度入京出京，无论是“淡妆浓抹总相宜”的杭州西湖，还是“木棉花落刺桐开”的琼州僻野，东坡仍本其挺拔人格处世，但对个人际遇已能淡泊处之，不再将自己投掷到猛烈的风雨中。

东坡诗文都是他生命历练的验证。密州的《超然台记》，以庄子超然物外提勉自己。黄州的《前赤壁赋》，企图超越人事有限的悲感，提供更开阔的视野来尽享天地风月；《后赤壁赋》则体悟人在绝对孤寂中的悲恐肃凛，唯有重返人世方能从容安适，与道会合。《和子由渑池怀旧》一诗中，“老僧已死成新塔，坏壁无由见旧题”是年少初历沧桑的感慨；初贬黄州所作《寓居定惠院之东，杂花满山，有海棠一株，土人不知贵也》诗中的“江城地瘴蕃草木，只有名花苦幽独……明朝酒醒还独来，雪落纷纷那忍触！”是中年灾难的悲郁未平；贬海南三年，遇赦北返，《六月二十日夜渡海》诗云“参横斗转欲三更，苦雨终风也解晴。云散月明谁点缀？天容海色本澄清”，则是老年走过风雨后的旷达。东坡三十七岁始学填词，缘情感兴的词一样用以呈显他的生命体验。他也能写合律的词，但横放杰出的才情使他不受曲子所缚，每每摆脱曲律，减弱词对音乐的依赖，突显文字本身所能传递的生命消息。坊间盛行柳体的浅露俚俗手法与流连歌酒私情的题材，自然深为东坡所不满，而以阳刚畅旺的辞气来对治柳永的阴柔缠绵，以一切人生经验来拓展题材。于是，词在南唐后主之后，再次大规模地开拓境界，而有沉雄豪宕的美。

东坡词并不一味豪宕，也有婉约的表现，只是与前此风气相较，特色如此最易被人发现。他写个人感情，可以有悼念亡妻的《江城子》中“十年生死两茫茫，不思量，自难忘。千里孤坟，无处话凄凉”的深情，以及“夜来幽梦忽还乡，小轩窗，正梳妆，相顾无言，惟有泪千行”的细腻婉约；也可以写出怀念子由的《水调歌头》中“明月几时有，把酒问青天”的苍茫，与“人有悲欢离合，月有阴晴圆缺，此事古难全。但愿人长久，千里共婵娟”的感悟，以自然现象的不全，对照人世的缺憾，从无可如何中培蓄面对人生忧患的旷达。个人情感之外，东坡词中也畅叙面对苍茫时空的感怀。眼前的空间可以作为人物活动的背景，以景物酿造气氛，或作譬喻，如《贺新郎》："乳燕飞华屋，悄无人，槐阴转午……石榴半吐红巾蹙，待浮花浪蕊都尽，伴君幽独。"更多时候，空间结合着时间，在整个宇宙长流里累积下沉甸的重量，撞击人心，如世所传诵的《念奴娇》：

大江东去，浪淘尽、千古风流人物。故垒西边，人道是、三国周郎赤壁。乱石崩云，惊涛裂岸，卷起千堆雪。江山如画，一时多少豪杰。　　遥想公瑾当年，小乔初嫁了，雄姿英发。羽扇纶巾，谈笑间、强虏灰飞烟灭。故国神游，多情应笑我，早生华发。人生如梦，一樽还酹江月。

东坡所游赤壁，不一定是三国争雄的故地，但在他的主观心灵上，两个赤壁叠合为一，同时也把相隔八百年的岁月一起压缩卷裹进去。赤壁乱石、长江惊涛，不再是单纯的空间景物，令人流连珍惜，它夹着八百年丰富而沉重的人世内容，教人神游于人物、事迹之间，既有对风流人物的叹赏，也有终归沉寂的慨息。况且，沉寂的岂止八百年前的周郎，岂止赤壁发生的事件，而是整个故国历史与千古人物。词，这一诗体，在烟花巷陌的浅酌低唱之外，遂也叩问了宇宙苍莽的悲感。

东坡的心境转变也在遣兴漫吟之际自然流露，试读黄州二词：

缺月挂疏桐，漏断人初静。谁见幽人独往来，缥缈孤鸿影。　　惊起却回头，有恨无人省。拣尽寒枝不肯栖，寂寞沙洲冷。（《卜算子·黄州定慧院寓居作》）

莫听穿林打叶声，何妨吟啸且徐行。竹杖芒鞋轻胜马，谁怕？一蓑烟雨任平生。　　料峭春寒吹酒醒，微冷，山头斜照却相迎。回首

向来萧瑟处，归去，也无风雨也无晴。(《定风波》)

《卜算子》作于初至黄州寄寓定慧院时，那时，他刚从系狱百日、自度必死的绝境中获释，忧谗畏讥，心情尚难安平，反省生平言行文辞，虽说无愧于己，但每招毁谤，几蒙大难，未来又该如何去跨出每一步？真是满地泥泞，无所措其手足了。“拣尽寒枝不肯栖”的矜持不安，是苏轼从孤鸿身上看到了自己的影子。《定风波》为谪居三年后，偶然出游沙湖道中遇雨而作，偶然生活中的片断截景，却也反映出主人的心境。步履从容，可以无视风雨的侵扰，可以护持自己笃定无忧的心境。你看，归去的路上，虽没有灿烂的阳光，风雨却也停了，人生的道路是否也能如此从容地走下去，化解阳光与风雨的争执，领纳一片空灵清和的天色？虽然词中仍潜存着萧瑟悲凉的情怀，然已指出了东坡自行化解的契机。

苏轼之外，黄庭坚、晁补之、秦观等人也相互呼应变革词风，作品虽不免沾染柳、周色彩，却也俱有可观。宋室南渡，人们感受着国家剧变的伤痛，发为慷慨悲歌，词坛风气不再规规于音律雕琢，而以文辞抒写胸臆；舍离周邦彦，而与苏轼相近。朱敦儒、陆游、辛弃疾、张孝祥等人，为南宋前期谱出一阕阕英雄悲歌。辛弃疾尤为杰出，向来与东坡并称“苏辛”。

辛弃疾，号稼轩，生当宋室南迁时期，兼擅文武，曾数任武职，马上驰驱，建立不少功业，然激切作风与当政者不合，屡遭废罢。恢复中原无望，他的一片忠郁之气喷发于词，对古今失意英雄最为知契。如《贺新郎·别茂嘉十二弟》中，“将军百战身名裂，向河梁、回头万里，故人长绝”写汉将李陵的悲郁冤情与对中原的眷恋，“易水萧萧西风冷，满座衣冠似雪。正壮士，悲歌未彻”写荆轲抱必死决心入秦的凄凉和悲壮，都是他所熟悉的情怀。《永遇乐·京口北固亭怀古》怀古悼今，有更酣畅的悲歌：

千古江山，英雄无觅，孙仲谋处。舞榭歌台，风流总被、雨打风吹去。斜阳草树，寻常巷陌，人道寄奴曾住。想当年，金戈铁马，气吞万里如虎。　元嘉草草，封狼居胥，赢得仓皇北顾。四十三年，望中犹记、烽火扬州路。可堪回首、佛狸祠下，一片神鸦社鼓。凭谁问：廉颇老矣，尚能饭否？

六朝叱咤一时的孙仲谋、刘裕（小字寄奴），在时空变动中一一消逝，但那打出一片江山的万里豪情，依然令人无限神往。成功英雄已远，下半阕转入今日的萧飒，南朝宋文帝（年号元嘉）北伐失利，今宋室北渡挫败，金兵南侵愈急，弃疾四十三年来的奔波血泪，依旧必须面对残破的时局，在无力做主中老去。纵使壮心不已，能再一饭斗米、肉十斤，一如当年老廉颇，然而还有可能再领虎符，重现“金戈铁马，气吞万里如虎”的雄风吗？词境悲壮苍凉，句句有金石声。国势如此，加上弃疾数度免官，壮志未酬，却不得不归守家园，英雄无奈意气自可想见。虽然稼轩晚年极好陶诗，渐能了解渊明当年选择归隐的心境，而有许多仿陶作品，但他最见特色的声音，还是那英雄式的狂词悲歌。“回首叫、云飞风起，不恨古人吾不见，恨古人不见吾狂耳”（《贺新郎・独坐停云馆作》）中有英雄慷慨纵横、不可一世的豪气；“可惜流年，忧愁风雨，树犹如此。倩何人、唤取红巾翠袖，揾英雄泪”（《水龙吟・登建康赏心亭》）是英雄气质为现实消磨殆尽的颓废无奈；《永遇乐》中，则是烈士暮年、壮志未酬的憾恨悲凉。稼轩的气魄豪大，与气格高旷的东坡，同为南北宋词人中的天骄双龙。二人或展现驰骋疆场、猛锐豪纵的英雄本色，或流露历经风雨后开阔旷达的士人襟怀，我们读词之际，也品读着词中的人品风范。

四

摹写景物与托咏情怀

南宋后期已失北伐雄志，远了鸣金击鼓、扬鞭控马的热切期待，守着小成局面，把杭州经营得不逊汴京繁华。人们在细致的文化环境里，品尝着一种特属南宋的忧伤与优雅。

词人们自觉地记录了这份落寞。南国山水氤氲，春秋节气，晨昏晦明，与那风雨霜雾，形成柔媚多变的景观。俯仰之际，敏锐的心思碰触多姿的景物，情随物迁，每易转伤。况且时局未定总是难以漠视的事实，偏安一隅，不过守住一段残山剩水，蒙罩着一层灰淡的阴影，愈到末年，国力愈弱，终致亡国，人民哀伤的成分也愈发沉重。但哀伤不流为凄厉的倾诉，缘于宋代文化优美温润的涵养，词人心情经过艺术精细的过滤网，保留无法消融的大喜大悲，流露出来的大抵是自己可以适切转化的情绪。在转化中，词人始终保持优雅的神态，所以较少情溢乎辞的现象，他们自觉地追求着文

北宋 · 赵佶 · 腊梅山禽图

『苔枝缀玉，有翠禽小小，枝上同宿。』白石《疏影》正写着如此梅姿，此中也兼含对徽宗蒙尘的感伤。

质彬彬、从容中和的表现。沈义父在《乐府指迷》中提出四端："盖音律欲其协，不协则成长短之诗；下字欲其雅，不雅则近乎缠令之体；用字不可太露，露则直突而无深长之味；发意不可太高，高则狂怪而失柔婉之意。"张炎《词源》更云："词要清空，不要质实。清空则古雅峭拔，质实则凝涩晦昧。"这都是南宋论词、作词的准则。词人们讲求谐和的音律，锻炼委婉雅正的字句，营造清空的格调，呈现优雅的伤情。

姜夔是这一词风的典型代表，另如史达祖、吴文英、王沂孙、张炎诸人也都先后师法，有相似的主张与作风。他们在略殊的人格、功力与时局际遇里，一路开拓着宋词最后的疆域，直到亡国。

姜、张一派词风，虽说是继承北宋周邦彦的古典词派，但不墨守成规，有新的建设成绩。诸人畅晓音律，除对旧曲严加审度谱调外，又每自度新曲，如姜夔的《扬州慢》、《长亭怨慢》、《淡黄柳》、《暗香》、《疏影》，都是著例。同时也极重视文字的独立生命，并非依倚于音律，只求工丽而已。姜夔自云创作《庆宫春》时，"过旬涂稿乃定"，张炎更著《词源》综论章法结构、造句遣词与风格意趣，都可看出严谨的写作态度。他们的词不作情感的直接倾诉，每每以景物描写为主题，然后斟酌词句，使用典故，安排结构……以曲尽景物的形观与精神，作者主观的情意则隐藏背后，有时全然收拾净尽，有时寄寓景物之中；形式上，大多选择可以铺叙驰骋、开阖转折的慢词。

咏物写景可以旁立物外，只冷静客观地描绘物象，如六朝山水诗人谢灵运"林壑敛暝色，云霞收夕霏。芰荷迭映蔚，蒲稗相因依"（《石壁精舍还湖中作》）诗句中的观物态度。南宋词人循声按拍、铸词炼字，讲求形式的精巧唯美，在语言创新争奇中，并不必然有所寄托。如姜夔与张镃聚会宴饮，闻屋壁间有蟋蟀鸣声，相约同赋蟋蟀，各骋巧思，以供歌伎吟唱助乐。张作“满庭芳”，姜作“齐天乐”，都是被许为咏物出神入化的作品。另如史达祖《双双燕·咏燕》咏春来燕子，也备受推崇，认为形神俱似，空前绝后。诸人佳句如：

土花沿翠，萤火坠墙阴。静听寒声断续，微韵转、凄咽悲沉。（张镃《满庭芳·促织儿》）

西窗又吹暗雨。为谁频断续，相和砧杵？……写入琴丝，一声声更苦。（姜夔《齐天乐·蟋蟀》）

还相雕梁藻井，又软语商量不定。飘然快拂花梢，翠尾分开红影。（史达祖《双双燕·咏燕》）

作者写蟋蟀的幽怨凄苦，写春燕的轻俊徘徊，委婉细致，曲尽物性。他们并不刻意以二物自比，只是遇物吟咏之际，不免触动人心某些共通的情愫，而将凄苦、彷徨投射到物象上，传递给读者，这是“物色动人，心亦摇焉”的直接反应。

白石等人更有许多作品，有意透过景物的咏写以寄寓情怀。《扬州慢》自序陈述创作背景：“淳熙丙申至日，予过维扬。夜雪初霁，荠麦弥望。入其城，则四顾萧条，寒水自碧，暮色渐起，戍角悲吟。予怀怆然，感慨今昔，因自度此曲。千岩老人以为有《黍离》之悲也。”其中，今昔沧桑、家国感慨是重要因素，其他许多作品也是如此，但他在词中尽量不直接说破沧桑悲感，而是要由景物呈现，于是锤炼了许多写景名句。这些词句是景语，同时也是情语，如：

自胡马窥江去后，废池乔木，犹厌言兵。（《扬州慢》）

二十四桥仍在，波心荡、冷月无声。（《扬州慢》）

数峰清苦，商略黄昏雨。（《点绛唇》）

高树晚蝉，说西风消息。（《惜红衣》）

最可惜、一片江山，总付与啼鴂。（《八归·湘中送胡德华》）

淮南皓月冷千山，冥冥归去无人管。（《踏莎行》）

高宗绍兴年间，金人曾南下江淮，南宋兵败，朝野震惊。后金兵虽因内乱罢兵而去，然而南宋面对强敌的无力感却是难以消散的阴影，“犹厌言兵”的实是伤乱感时的人心。那些曾经见证过战争的自然景物——废池、乔木、微波、冷月，以极度的沉默冷寂面对人世沧桑，也引带作者一起沉入那沉冷的氛围。词人心眼所至，江山冷落，岂止扬州一地，各处霉雨孤峰、冷月鸣蝉，诗人以文字营构了清空的画面，也烘托出自己的心境：《点绛唇》有盘桓凄凉的怀古幽情，《惜红衣》心境萧条似秋，《八归》写一片别情，《踏莎行》则是一无挂搭的孤冷而自在的心魂。此外，白石名作《暗香》、《疏影》为自度新曲，被推为咏梅绝调，“托喻遥深，自成馨逸”（郑文焯校《白石道人歌曲》）。试读《疏影》：

苔枝缀玉，有翠禽小小，枝上同宿。客里相逢，篱角黄昏，无言自倚修竹。昭君不惯胡沙远，但暗忆、江南江北。想佩环、月夜归来，化作此花幽独。　　犹记深宫旧事，那人正睡里，飞近蛾绿。莫似春风，不管盈盈，早与安排金屋。还教一片随波去，又却怨、玉龙哀曲。等恁时，重觅幽香，已入小窗横幅。

用典为南宋词坛普存的风气，辛弃疾大量使用典故而不害其猛壮豪情，姜白石用典亦能灵活融化、体贴自然。本词中使用昭君出塞与寿阳公主梅花妆的故实，兼用许多文典，最主要的是杜甫《咏怀古迹》五首之三咏昭君之“画图省识春风面，环佩空归月夜魂”，及徽宗在北所作《眼儿媚》之“家山何处？忍听羌笛，吹彻梅花”。词中“想佩环、月夜归来，化作此花幽独”，用典蜕化无迹，最为绝唱。想那昭君幽魂在幽静的月夜里跋涉千里归来，深情凄美一如月色下幽独的梅花，二者质性在幽独一脉上相通，于是诗人绾结为一，直指梅花为昭君幽魂所化；而那北去乡国、暗忆江南江北的心魂岂止昭君，宋徽、钦二帝蒙尘的感伤无奈，也在词中呼之欲出。

又有另一类型的咏物，作者假借物象作为自身的譬喻。物象可以不再是大自然的原貌，但扣紧自身感遇来写物，写物成为手段，咏怀才是目的。南宋末期处于外族高压钳制之下，文人即每借咏物来抒发家国仇恨与身世悲痛，王沂孙《齐天乐·蝉》可为代表：

> 一襟余恨宫魂断，年年翠阴庭树。乍咽凉柯，还移暗叶，重把离愁深诉。西窗过雨，怪瑶珮流空，玉筝调柱。镜暗妆残，为谁娇鬓尚如许？　　铜仙铅泪似洗，叹携盘去远，难贮零露。病翼惊秋，枯形阅世，消得斜阳几度。余音更苦。甚独抱清高，顿成凄楚。谩想熏风，柳丝千万缕。

全篇咏蝉，仍然使用许多与蝉有关的典故，蝉的余恨、憔悴、凄楚，实指宋室播迁、亡国的愁恨，与身家零落的伤痛。张炎《解连环》云：“楚江空晚，恨离群万里，恍然惊散。自顾影，却下寒塘，正沙净草枯，水平天远……”写孤雁羁旅寂寞，实为自身漂泊沦落的悲感。此类以孤雁寒蝉寄托怀抱的作品，由优雅的感伤转为深沉的悲痛，但借物抒怀，正是诗人比兴微讽的意旨，仍温润而不凄厉。况且诸人仍有“和云流出空山，甚年年净洗，花香不了”（张炎《南浦·咏春水》）一类作品，直承白石遗风。南宋词的最后一段风景，依犹是清空曼袅的山水。

清朱彝尊《词综发凡》云：“世人言词，必称北宋，然词至南宋始极其工，至宋季而始极其变。”宋词音律经由周、柳到姜、张的努力，由小令发展至慢词，宫律调谱丰富精审；题材由儿女情思、个人心绪，发展到人生体验、家国悲痛；风格也由花间、南唐遗风，经过柳、周的一俗一雅，苏、辛的一旷一豪，到姜、张的清空精致。词体至此笼括了各种情感、题材、作风，在诗歌天地里才算真正完成了它的辟建规模，在前代各类诗体外，成就词的独立特殊品味。元、明以降的词，大抵与诗一般，仍在唐、宋规模之中，少开疆辟土之功，而多增设纷华与馨香。至于元、明新力发展的戏曲，与剧场表演有密切关系，是另一片繁复可观的园地，在岁月的舞台上，有喧天哗地的锣鼓，也有寂天寞地的喑哑……

我们穿过岁月的江流，择要叩访了先秦至两宋抒情言志的诗歌传统，一叶扁舟，溯洄容与，每一流程里，前人的悲欢歌哭、文字艺术，都化成江上之清风，与山间之明月，一路相伴。

南宋·萧照·关山行旅

▲ | ◆ 金 ● 武元直 ■ 赤壁图

“江流有声，断岸千尺，山高月小，水落石出。”

东坡游赤壁，从中体会盈虚悲喜的消息。

千百年来，中国人与美的对话